영혼 박물관

김혜정 소설집

영혼 박물관

제1판 제1쇄 발행 2015년 4월 17일
제1판 제2쇄 발행 2015년 12월 29일

지은이 김혜정
펴낸이 주일우
펴낸곳 ㈜문학과지성사
등록번호 제1993-000098호
주소 04034 서울 마포구 잔다리로7길 18(서교동 377-20)
전화 02) 338-7224
팩스 02) 323-4180(편집) / 02) 338-7221(영업)
전자우편 moonji@moonji.com
홈페이지 www.moonji.com

ISBN 978-89-320-2725-8

이 도서의 국립중앙도서관 출판예정도서목록(CIP)은 서지정보유통지원시스템 홈페이지
(http://seoji.nl.go.kr)와 국가자료공동목록시스템(http://www.nl.go.kr/kolisnet)에서
이용하실 수 있습니다.(CIP제어번호: CIP2015011100)

영혼 박물관

김혜정 소설집

문학과지성사

2015

차례

영혼 박물관

오후 내내 집 안에서 서성거리다 어두워진 뒤에 집을 나섰다. 어제 인태가 조퇴한 뒤부터 줄곧 머릿속에서 인태 생각이 떠나지 않았다. 아프다고 했지만, 조퇴할 만큼은 아니라는 걸 누구나 알 수 있었다. 선생님 또한 알고도 눈감아주는 눈치였다. 오늘은 무언의 1주기이고 친구들끼리 모여 추도식을 한다는 걸 인태가 모를 리 없었다. 일주일 전에 내가 밴드에 올리기도 했으니까. 인태는 저번 모임에도 나오지 않았다. 순재와 인태가 사소한 일로 말다툼을 한 뒤였지만, 그것이 이유는 아닐 거였다. 어쨌거나 조퇴는 나를 따돌리기 위한 구실이라는 생각이 들었다. 그래서 인태네 집으로 가는 길이 자꾸 멀게 느껴졌다.

인태와 무언, 순재 그리고 나는 초등학교와 중학교 동창이다. 나와 인태, 순재는 어쩌다 보니 같은 고등학교에 진학했고 무언이만 뚝 떨어진 학교로 갔다. 인태와 무언, 나는 최소한 한 달에 한 번씩은 만났고 순재는 격월에 한 번씩 합류했다. 우리는 함께 밥을 먹고 농구를 하거나 이따금 자전거 하이킹을 떠났다. 1년 전까지만 해도 우리는 누구보다 끈끈한 사이였다. 인태의 할아버지, 할머니가 돌아가셨을 때도 우리가 운구를 했다. 그런데 어느 날 갑자기 무언이 죽었고 우리는 그 상실감을 주체할 수 없었다.

무언은 어머니와 단둘이 살았다. 무언이 세 살 때 아버지가 어디론가 사라져버렸는데 아직도 행방이 묘연했다. 무언은 세상에 둘도 없는 효자였다. 무언의 어머니는 건물 청소에서 주방 보조까지 밤낮을 가리지 않고 일했지만, 형편은 나아지지 않았다. 무언이 공업특성화고에 진학한 것은 수업료를 면제받기 위해서였다. 입학할 때 성적은 중상위권이었지만 첫 지필평가에서 최상위권으로 올라가서 한동안 그 학교의 유망주였다.

그런데 여름방학을 일주일 앞두고 무언이 학교 폭력, 그것도 성폭력 사건에 휘말려 징계를 받은 다음 자퇴를 하는 일이 발생했다. 무언은 결백을 주장했지만 받아들여지지 않았다. 무언이 그런 사건에 연루되었다는 것을 도저히 믿을 수 없었다. 하지만 너무 갑작스러운 일인 데다 그 학교 분위기나 사건의 정황을 파악하지 못한 우리는 속수무책이었다. 학교 폭력에 대한 강경 대응 분위기가 형성될 무렵이었다. 무언은 자퇴 후 연락을 끊었다. 그러다 방학이 끝날 즈음부터 인태를 통해 근황을 전해왔다. 주로 아르바이트를 하면서 지낸다는 소식이었다. 그땐 그거라도 해야지 하는 생각이었다. 춤을 배우기 시작했다는 소식을 들었을 때는 조금 놀랐지만 비로소 안심이 되었다. 추석 연휴에 이어지는 재량휴업일에 우리는 자전거 하이킹을 가기로 했다. 그러나 막상 약속한 날 우리는 한자리에 모일 수 없었다. 나는 발목 인대가 늘어나 깁스를 했고 인태는 골든벨 대회 준비로 바빴다. 순재는 중국인 홈스테이 일정이 갑자기 잡혔다. 결국 무언이 혼자 떠나게 되었다.

사고는 느닷없이 찾아왔다. 무언이 탄 자전거와 덤프트럭이 정면충돌해서 무언은 하반신이 마비되고 말았다. 춤을 추기는커녕 더 이상 혼자서는 아무것도 할 수 없었다. 인태와 나는 거의 매일 무언의 병실을 드나들었다. 무언은 큰 병원으로 옮겨 세 차례나 수술을 받으면서 회복의 조짐이 보였다. 일단 큰 고비를 넘겼다 싶으니까 마음이 느슨해진 나와 인태는 거리가 멀다는 핑계로 차일피일 문병을 미루었다. 그러던 어느 날 무언이 스스로 목숨을 끊었다. 스스로 몸을 일으키지도 못하는데 어떻게 그런 일이 가능했는지 의문이었다. 무언의 어머니는 조용히 장례를 치르고 싶어 했다. 거기에 이의를 제기한 사람은 아무도 없었다.

우리는 혼란에 빠졌지만 무엇을 해야 할지 몰랐다. 한 달에 한 번씩 만나서 나름의 추도식을 갖는 게 고작이었다. 지난 1년 동안 우리는 그렇게 만나면서 무언을 잃은 슬픔에서 조금씩 벗어나고 있다고 생각했다. 그런데 이번에는 인태가 달라졌다. 지금 생각해보니 인태의 변화는 벌써 오래전부터 서서히 시작되고 있었다. 처음에는 말수가 줄면서 무표정한 얼굴을 하곤 했다. 차츰 공부에 소홀하더니 즐겁게 이야기할 상황에서도 입 한번 벙긋하지 않았다. 그러다가 갑자기 미친 듯이 웃거나 아무도 알아들을 수 없는 말을 중얼거렸다. 얼핏 보면 나사 빠진 애처럼 굴었다. 그전까지 나는 인태와 함께 있는 시간이 그 어느 때보다 즐거웠다. 무엇보다 인태는 재미있는 이야기를 많이 알고 있었다. 나는 인태가 어디서 보고 들었거나 읽은 이야기에 살을 붙여 꾸미는 데 꽤 재능이 있다고 생각했다. 공부를 하다가도 마음이 통하면 우리는 농구 골대로 향해 달렸다. 인태의 농구 실력은 선수급에 가까웠다. 잘하는 것도 많고 성격까지 좋은 인태를 보면서 세상은 불공평하다는 생각이 들기도 했다. 그것은 질투심과는 다른 감정이었다. 인태에 비하면 나는 피라미에 불과하다는 걸 인정할 수밖에 없었다.

나는 인태의 변화에 적응하지 못하면서도 인태를 놓칠까 봐 애가 탔다. 방과 후면 인태의 뒤를 쫓아가 농구나 한 게임 하자고 말을 건넸다. 인태는 안 하고 싶어,라고 내뱉을 뿐이었다. 얼굴을 찌푸리거나 다른 말을 덧붙이지도 않았다. 표정만으로 더 이상 말을 걸지 못하게 만들었다. 늘 그런 식으로 학교에서 집으로 돌아갔고 그것으로 끝이었다. 나는 휴일이면 인태의 집 앞을 얼쩡거렸지만 허탕 치기 일쑤였다. 인태는 그렇게 혼자가 되어갔다. 덩달아 나도 혼자 견디는 법을 터득해왔다. 나는 인태가 낯설게 느껴지면서도 이상하게 거부감은 일지 않았다. 어쩌면 인태가 언젠가는 이렇게 될 거라고 예감했는지도 모른다. 인태가 지금까지와는 다른 어떤 것을 보고 있는 거라는 느낌. 그래서인지 이상하게 나도 그 흐름에 속하고 싶었다.

인태네 집 인터폰을 누르자 인태의 누나가 나왔다.

"진후구나. 인태랑 만나기로 했니?"

"약속은 안 했어요. 오늘이 무언이 1주기라 순재랑 만나기로 해서 와봤어요."

"벌써 그렇게 됐나? 인태는 여태 자기 방에서 나오지도 않았어. 저렇게 하루 종일 틀어박혀 있겠지. 너도 알다시피 노는 날이면 늘 그러잖니. 어쩌다 밖에 나가는 날엔 아주 늦어. 말을 하지 않으니 뭘 하고 다니는지 도통 알 수가 있어야지. 예전처럼 널 만난다면 걱정하지 않을 텐데."

나는 인태가 밖에서 무얼 하는지는 짐작할 수 없었다. 하지만 집에 있을 때는 주로 책을 읽거나 영화를 다운받아 보면서 시간을 보낼 거라고 추측했다. 다른 아이들이라면 그저 뒹굴거나 게임을 할 수도 있겠지만 인태는 다를 거라고 여겼다.

그런데 그 생각은 틀렸다. 인태는 게임 외에는 그 어떤 것도 하지 않는다고 했다.

"성적 떨어지면 대학은 어떻게 가려고 저러는지 몰라."

"곧 괜찮아지겠죠."

"쟤가 저렇게 변할지 누가 알았겠니. 학교에서는 어때?"

투명 인간처럼 행동한다는 말이 입 밖으로 차마 나오지 않았다.

"잘 지내고 있어요."

"너한테 괜한 질문을 했다. 학교에서 잘 지낸다면 그게 더 이상하지. 어제 조퇴를 했다고 담임 선생님이 엄마한테 전화를 했대. 근데 집에는 아주 늦게 들어왔어."

"……"

"무슨 일을 저지를까 봐 걱정이야. 아빠가 알면 난리가 날 텐데. 우리 아빠, 너도 알잖니."

인태의 누나는 그렇게 말하면서 가슴이 조마조마하다는 표정을 지었다. 우리보다 한 살 더 많을 뿐인데, 누나는 무척 어른스러웠다. 사회복지사가 꿈인 사람답게 상냥하고 매사에 적극적이었다. 인태의 아버지는 중소기업 임원으로 출장이 잦아 집을 자주 비웠으나 꽤 엄격했다. 어머니는 독실한 기독교 신자로 자원봉사 활동을 하느라 항상 바빴다.

"저번에도 안 갔다면서 오늘이라고 갈는지…… 한번 들어가볼래?"

나는 인태의 방문을 두드렸다. 이내 인태가 고개를 내밀었다. 트레이닝복 바람이었다.

"오늘 무언이 1주기잖아. 추도식에 가자."

인태는 아무 대답 없이 나를 물끄러미 바라보기만 했다.

"끝나고 농구도 하기로 했어."

나는 일부러 목소리에 힘을 주고 인태의 팔을 잡아끌었다.

"안 가고 싶은데."

나는 주저하지 않고 매달리다시피 했다. 인태는 마지못해 간다는 표정으로 따라나섰다.

"이번이 마지막이 될 거야."

"어?"

"이제 그런 건 하고 싶지 않아."

"무언이 추도식인데?"

"말이 추도식이지 술이나 마시잖아. 그런 추도식은 의미가 없는 것 같아. 다른 방법을 찾아야지."

"다른 방법? 그런 게 있을까? 있으면 말해봐."

"나도 아직은 잘 모르겠어. 다만, 이대로는 아닌 것 같아."

"……"

"당분간 학교를 쉴까 해."

"학교까지 그만둔다고?"

"그만두는 건 아냐. 쉬는 거지."

"그게 그거잖아."

"유치원까지 합해서 12년이나 다녔으니까 쉬어보는 것도 괜찮겠다 싶어서. 그러다가 다시 가야 할 것 같으면 가고, 아니다 싶으면 안 갈 수도 있고."

"그게 그렇게 쉽게 결정할 수 있는 문제야?"

"맥락도 없이 불쑥, 이라고 생각하겠지만 꼭 그렇진 않아. 나름 오래 고민한 거야. 지금 이대로가 아닌, 다른 경우의 수를 찾아보는 것도 괜찮겠다 싶어서."

"부모님이 허락 안 하시면?"

"설득해보고 안 되면 하는 수 없지."

"다시 생각해보면 안 돼?"

"이미 결심했어."

"네가 무슨 생각을 하고 있는지 궁금해. 뭘 하고 지내는지도. 누나는 네가 집에 있을 때는 게임만 한다던데."

"누나 말은 어느 정도 맞아. 게임도 하니까. 하지만 그것보다는 주로 부검을 하고 있어."

"뭐? 시체를 부검한다고?"

"부검은 맞는데 시체는 아냐."

"그럼 뭐야?"

"영혼!"

"영혼을 부검한다고?"

"응. 죽은 자들의 영혼."

"그게 가능해?"

"벌써 경험했는걸."

"어떻게 하는 건데?"

"특별한 방법이 있는 건 아니고, 그저 마음의 소리에 귀를 기울이는 거야."

"내가 알아들을 수 있게 말해봐. 좀더 구체적으로."

"이를테면 꿈속으로 영혼을 불러들여. 그리고 대화를 하는 거지. 왜 그렇게 됐는지, 뭐가 잘못됐는지 묻고 위로도 해주고. 부둥켜안고 실컷 웃거나 울기도 해."

"지금까지 누가 네 꿈속으로 들어왔는데?"

"우리 할아버지랑 할머니. 두 분이 갑자기, 그것도 한날한시에 돌아가셨잖아. 우리 가족은 엄청 충격받았고. 근데 부검하면서 돌아가시기 직전에 두 분이 나누는 말씀을 들었어. 이제 그만 우리 소풍을 끝내고 쉬는 것이 어떻겠소? 전 당신 뜻을 따르겠어요. 당신을 만나서 행복했어요. 서로가 서로에게 고맙다고 그러시더라."

"그래서 넌 뭐라고 했는데?"

"조금 더 있다가 가시면 안 되겠느냐고 했지. 그랬더니 꼭 가야 한다고 하셨어. 모든 일에는 때가 있다고. 지금이 그때라고 하셨어. 두 분은 그곳에서 잠시 쉬다가 다시 소풍을 떠나실 거래."

나는 인태의 말이 마술사가 보자기에서 비둘기를 꺼내는 것처럼 허무맹랑한 말로 들렸다. 하지만 그건 다름 아닌, 이야기였다. 이야기를 들려주는 인태는 예전의 인태로 돌아온 거였다. 적어도 돌아올 가능성이 있어 보였다. 이야기가 사실이든 아니든 그런 것은 중요하지 않았다. 그저 인태의 이야기를 다시 들을 수 있다는 것만으로도 기뻤다. 그리고 앞으로도 계속 이야기를 들을 수 있기를 바랐다.

"이순신 장군도 만났어. 적의 탄환을 맞기 직전의 순간에 말이야. 장수는 목숨을 아까워해서는 안 된다,고 혼잣말을 하시더라고."

"그래서?"

"그러는 게 어딨냐, 끝까지 나라를 지켜야 되는 거 아니냐, 고 내가 막 따졌지. 그랬더니 살아서만 나라를 지키는 것은 아니라네, 하셨어. 그래서 나도 그러시면 안 된다, 마음을 바꾸셔야 한다, 고 했지. 장군이 난 한번 결정한 것을 번복하지는 않는다네, 하시는 거야. 그때 난 장군이 갑옷을 입지 않으셨다는 걸 알았어. 그래서 갑옷을 안 입으신 거냐, 고 했더니 그냥 웃으시던걸."

"말 되네."

나도 모르게 웃음이 나왔다. 인태는 내가 농담으로 듣는 거라며 눈을 흘겼다. 나도 인태를 흉내 내어 눈동자를 모았다. 이번에는 인태가 좀 전의 나처럼 웃었다. 나는 인태의 어깨를 툭 치며 말했다.

"계속해봐."

"시들어서 죽은 꽃도 만났어. 알고 보니 주인집 부부가 하도 싸우는 게 꼴 보기 싫어서 스스로 말라죽은 거래. 부서진 의자는 또 어떻고. 백수인 주인이 하도 야동을 보길래 일부러 주저 앉아버렸다나? 바다에 빠져 죽은 나비는 바다가 너무 좋아서 다이빙을 한 거였대. 바다가 그렇게 깊은 줄 모르고. 하지만 바닷속이 신비로워서 살맛이 난대. 새장 속에서 죽은 십자매도 만났는데 평생 갇혀 사느니 차라리 죽어 영혼이라도 자유롭고 싶어서……"

"그럼 다 스스로 목숨을 끊은 거야?"

"물론, 반대인 경우가 더 많지."

"인간이 무심코 밟아 죽인 꽃과 벌레, 분풀이용으로 부숴버린 의자, 인간에게 도살당한 소와 돼지, 비행기나 배에 탔다가 죽은 사람들의 영혼도 있어. 폭발 사고로, 건물 붕괴 사고로 죽은 사람들의 영혼도……"

사람은 물론 동물과 식물, 심지어 사물의 영혼까지 달래주는 일이 있다니. 나는 인태의 이야기에 완전히 사로잡혔다. 무언이도 만났느냐고 묻고 싶었지만 참았다.

"뭐 하나 물어봐도 돼?"

"물론이지."

"누나한테 들었는데, 네가 이따금 어딜 가서 늦게 온다고……"

"아, 거긴 아지트야."

"아지트?"

"영혼 박물관이라고."

영혼 박물관, 그 이름이 나를 끌어당겼다.

"거기 가는 거하고 부검이 관계가 있어?"

"그렇기도 하고 아니기도 해."

"무슨 말이 그래?"

"거긴 그저 모여서 놀고 즐기는 데야. 물론 책도 읽고 토론도 해. 콘서트나 공연, 전시회도 열고. 그야말로 이것저것 해보는 실험실이지. 가끔 전문가들을 초대해서 빵이나 천연비누, 허브 초 같은 것도 만들어. 그걸로 물물교환 장터도 열고. 단 이윤보다는 생명의 가치를 확산시킬 활동들. 물론 실험이 쉽지만은 않아. 뭔가 시작했다가 안 되는 경우도 있거든. 그러면 개점휴업 상태를 유지하면서 때를 기다려. 점검의 시간을 가진다고 해야 하나? 어설퍼도 더뎌도 뭐라고 하는 사람은 없어…… 먹고 싶은 게 있을 땐 재료를 가져와 자유롭게 해먹고. 오픈 키친이랄까? 중요한 건 다 우리끼리 한다는 거야."

"그런 걸 다 아이들이 한다고?"

"그렇다니까. 너도 가볼래?"

"나 같은 애도 갈 수 있는 데야?"

"불안한 청춘이면 누구든 환영이야."

"난 정말 뭐가 뭔지 모르겠어."

이야기를 주고받으며 걷다 보니 어느새 모임 장소에 도착했다. 인태는 문 앞에서 다시 망설이는 기색이었다. 나는 인태가 더는 다른 생각을 하지 못하도록 인태의 팔을 잡았다. 인태가 심호흡을 하고는 앞으로 걸어갔다.

순재는 벌써 와 있었다. 문이 열리면서 울리는 종소리에 순재가 우리에게 눈길을 돌렸다.

"비싼 몸이 어쩐 일이신가?"

순재가 약간 뻐딱하게 나왔다. 순재는 전부터 인태의 변화에 누구보다 민감하게 반응했다. 둘 사이를 중재할 사람은 나밖에 없었다. 오늘은 둘이 꼭 화해하기 바랐는데 벌써부터 꼬이기 시작했다.

나는 짐짓 너스레를 떨며 인태를 이끌었다. 순재가 촛불을 켜

고 추도문을 읽는 동안 인태는 어정쩡하게 서 있었다. 나는 아슬
아슬한 줄타기를 하는 심정이었다.

"거긴 소주 없지? 자식, 소주 그렇게 좋아하더니 이것도 못 마
시는 델 왜 가냐?"

순재가 소주를 잔에 따라서 무언이 사진 옆에 붓자 인태가 웃
기 시작했다. 나와 순재의 눈길이 동시에 인태를 향했다. 인태의
웃음소리가 점점 더 크고 기괴해졌다. 순재는 참을 수 없다는 듯
입을 앙다물고 주먹을 불끈 쥐었다. 그에 아랑곳하지 않고 인태
는 노래를 흥얼대고 몸을 움직였다. 그것은 춤이라기보다 연속적
인 동작 같은 것이었다. 한마디로 제멋대로인 춤이었다.

"미친 새끼!"

순재의 입에서 욕설이 터져 나왔다. 나는 당황해서 인태를 바
라보았다. 인태는 무표정한 얼굴로 계속 노래를 이어갔다. 눈은
텅 비어 있었다. 긴장감이 돌았다.

"너만 존나 아프지? 추도식 한답시고 술이나 마시는 우리는 쓰
레기들이고."

"그만하자. 이러려고 만난 거 아니잖아."

나는 인태와 순재를 번갈아보며 쩔쩔맸다. 둘 다 내 말은 귓등
으로도 안 들었다. 순재는 날선 표정을 거두지 않았고 인태는 여
전히 몸을 흔들며 노래를 불렀다.

"도대체 그러는 이유가 뭐야?"

"……"

"그렇게 하면 뭐가 달라지는데? 죽은 애가 다시 살아와? 살아오냐고? 그리고 막말로 무언일 우리가 죽였어? 그 자식 운이 나빠서 죽은 걸 어떡하라고? 언제까지 우리가 이렇게 죄책감에 시달려야 하냔 말이야. 씨발!"

기어이 인태가 밖으로 뛰쳐나갔다. 나는 인태가 지구의 반대편으로 홀연히 떠나버린 느낌이었다.

"넌 왜 저 자식을 데려온 거야?"

순재가 눈썹을 치세우며 따지듯 했다.

"인태도 힘들어서 저러는 거야. 조금 내버려두면 예전의 인태로 돌아올 거야."

"저 자식은 돌아오지 않아. 하는 짓 보면 모르냐? 누구도 말릴 수 없을걸? 네 눈엔 그게 안 보여?"

"우린 친구잖아. 이제 우리 셋밖에 없는데."

"아직도 우리가 친구인 거 맞아?"

"인태는 조금 다른 방법으로 애도하는 시간을 갖고 싶은가 봐."

"그런 건 어떤 건데? 누군 아프지 않아서 이러는 줄 알아? 나도 눈만 감으면 무언이 그 자식 생각이 나서 미칠 것 같단 말이야. 무언이 그 자식은 왜 죽은 거야, 왜?"

"그만해. 제발!"

"……"

"우리는 무언일 애도한다면서 고작 우리끼리 다투는 게 일이잖아."

내 입에서 냉랭한, 그러나 맥 빠진 목소리가 흘러나왔다. 우리는 각자 소주를 따라 마시며 애써 다른 곳을 바라보았다.

순재와 헤어져 집으로 돌아오는 길 내내 밤안개가 어깨를 짓눌렀다.

순재는 과학고에 지원했다가 떨어졌다. 더 좋은 학교에 갈 수도 있었는데 내신을 위해 우리 학교를 선택했다. 우리 넷 중 순재네가 가정 형편도 가장 나았다. 자영업을 하는 아버지와 공무원인 어머니, 명문대학교에 다니는 형이 있었다. 외모도 멀끔하고 옷 입는 감각도 남달랐다. 초등학교 고학년 때부터 과학고를 목표로 공부하느라 친구들과 자주 어울리지는 못했다. 같은 고등학교에 다닌다고 해도 전 과목 1등급인 순재와 나는 사는 세계가 달랐다. 학교에서는 순재를 떠받들면서 스펙 쌓기를 권했다. 아이들은 그 누구라도 순재를 접근하기 어려운 존재로 여겼다. 또 순재는 무슨 일이든 완벽을 추구하고 성격도 약간 까칠했다. 그래서인지 나도 순재가 다른 친구보다 대하기가 어려웠다. 인태는 특유의 다감한 성격으로 늘 순재를 배려하고 포용했다. 내가 순재와 친구로 지낼 수 있었던 것은 인태 덕분이었다. 물론, 말수가 적고 내성적인 무언과도 인태는 잘 통해서 우리 사이의 구심점 역할을 했다.

인태는 처음부터 인문계를 희망했다. 중학교 때부터 무조건 집 가까운 학교로 간다는 생각에 변함이 없었다. 사실 나는 무언이가 간 학교에 원서를 넣을까도 생각했다. 부모님은 내 선택을 존중했고 동생은 자기도 밴드부가 있는 그 학교로 갈 거라며 맞장구를 쳤다. 갈등 끝에 나는 인태가 가는 학교로 결정했다. 나는 인문계에서 바닥을 깔아주는 정도를 겨우 면한, 내세울 게 없는 성적이었다. 평범한 외모에 목소리를 내지 않아 어디에서나 존재감이 거의 없었다. 한번은 나와 순재가 지각을 했는데 나만 벌을 받았다. 나는 그 일에 대해 별 생각이 없었다. 그런데 인태가 나를 변호한답시고 선생님에게 따지고 들었다가 매를 많이 맞았다. 나는 인태에게 고맙기도 했지만, 나로 인해 인태가 곤경에 빠진 데 대해 미안한 마음이 앞섰다. 인태는 그것조차 아무렇지 않게 받아들였다. 그 후로 나는 인태와 더욱 자주 어울렸다. 인태는 국어와 영어를 잘하고 나는 사회를 잘하는 편이라 시험 때면 노트를 공유하면서 서로 모르는 걸 가르쳐주기도 했다.

　주말에 이어 개교기념일까지 연휴가 사흘이나 계속되었다. 나는 인태의 집에 갈 핑곗거리를 찾지 못했다. 다른 때 같으면 전화를 걸어 농구를 하자고 졸랐을 텐데 그러지 않았다. 아니, 못했다고 해야 맞을 것이다. 솔직히 거절당하는 게 두려웠다. 그렇게 하루 이틀 지나면서 어떤 일이 찾아올 거라는 예감이 들었다.
　그것은 이상한 방향으로 들어맞았다. 연휴가 끝났는데도 인태는 학교에 오지 않았다. 학교가 파한 후 인태를 찾아갔지만 인태의 방은 비어 있었다. 나는 여기저기 헤매며 인태를 찾으러 돌아다녔다. 피시방이나 농구장, 그 어디에서도 인태를 볼 수 없었다.

인태가 감쪽같이 사라져버린 거였다.

인태의 집은 발칵 뒤집혔고 학교는 의외로 잠잠했다. 인태의 실종에 대해 아무런 조치도 취하지 않는 학교가 문득 무서운 곳이라는 생각이 들었다. 인태의 아지트를 알아두지 못한 걸 후회했지만 이제 와 그곳을 알아낼 방법은 없었다.

순재는 인태가 사라졌다는 걸 알고 누구보다 절망적인 표정을 지었다. 나는 순재와 만나 이야기도 하고 함께 인태를 찾아다니고 싶었다. 하지만 순재는 과외와 학원 스케줄이 꽉 차 있어 말도 건네지 못했다.

토요일을 기다려왔으면서도 막상 닥쳐서는 어디로 가야 할지, 무엇을 해야 할지 감감했다. 한나절을 훌쩍 보내고 말았다. 정오가 지나서 뜻밖에도 순재에게서 연락이 왔다.

"오늘 시간 되면 만날까?"

"과제를 해야 해."

나는 마음에도 없는 말을 하고는 곧 후회했다.

"수학 과제, 아직 못한 거야?

"응."

"내가 도와줄까? 수학이라면 내가 좀 하잖아."

"아니, 나 혼자 할래."

"너희 집으로 갈게."

현관에서 마주한 순재의 표정이 몹시 어두웠다. 나는 순재가 과제 때문에 나를 찾아온 게 아니라는 것을 알 수 있었다.

"인태는 어디서 뭘 하고 있을까?"

"잘 있을 거야."

"그랬으면 좋겠다."

"조금 지나면 연락이 오겠지."

"넌 뭔가 알고 있을 것 같은데?"

나는 차마 거짓말을 할 수가 없었다.

"자세한 건 몰라. 다만 이렇게 빨리 떠날 줄은 몰랐어."

"역시 넌 알고 있었구나."

"안다고 할 수는 없지만 무언이 1주기에 뭔가 말하긴 했어. 내가 인태에 대해 모르는 게 너무 많았다는 걸 깨달았을 뿐이야."

"나야말로 인태를 몰라도 이렇게 몰랐나 싶어. 그렇게 오랫동안 친구였는데."

"어쩌면 우리 모두 자기 아닌 누군가를 안다는 건 불가능한 일인지도 몰라."

"인태 말대로 추도식 같은 거 한다고 뭐가 달라지겠어. 지금을 바꿀 무언가가 필요한 건 사실이야. 무언일 잊지 않겠다는 약속을 제대로 지키려면."

"네 마음이 그러면 일단 인태를 믿고 기다리자. 만나보면 뭔가 해결점이 있겠지."

"나도 너무 예민했어. 머리나 마음으로는 이해가 되는데도 말은 왜 그렇게 막 나가던지. 말을 하면서도 내가 무슨 말을 하고 있는지 모르겠더라."

"인태도 알 거야, 그 마음."

"그럴까? 열심히 한다고 해도 성적은 늘 제자리걸음이지, 부모님은 기대를 넘어서 압박 수준이고, 학교는 학교대로 숨통을 죄고. 나도 어떻게 해야 할지 모르겠어. 미칠 것 같은데 미쳐지지도 않는 거 있잖아. 어디로 확 날라버릴 수도 없고."

순재의 말이 나에게 공명을 불러일으켰다. 결국 나는 순재에게 '영혼 박물관'에 대해 말하고 말았다. 나도 거기에 가보고 싶다고 하자 순재가 펄쩍 뛰었다.

"인태 때문에도 이렇게 힘든데 이제 너까지?"

"불안한 청춘들의 쉼터 같은 곳이랬어."

"근데 하필 왜 영혼 박물관이야?"

"아마도 그건 인태가 그렇게 부르는 게 아닌가 싶어. 비유적으로. 걔가 책을 많이 읽잖아."

"책 많이 읽는 사람 정신병원에 차고 넘친다는데, 걔 정말 이상해진 거 아냐?"

"인태는 뭔가 더 알아가고 있는 게 분명해."

"어쨌거나 걘 지금 우릴 걱정시키고 있어. 그건 옳지 않아. 어떤 변명도 안 통한다고."

나는 인태가 말한 영혼 부검에 대해 말하지 않을 수 없었다. 순재는 어이없다는 표정을 지었다.

"어쨌든 넌 그런 거랑 엮이지 않았으면 좋겠어. 넌 인태하고 또 달라."

습기가 배인 목소리였다. 중학교 때 이후 순재와 진지하게 이야기를 나눈 것은 처음이었다. 순재에 대해 이전보다 많은 걸 알게 된 느낌이었다. 그 자체만으로도 위안이 되었다.

두 달이 지나도록 인태에게서는 연락이 없었다. 그동안 내 의식 속에서 한시도 인태가 떠나지 않았다. 하지만 알 수 없는 믿음이 마음속에 뿌리내리고 있었다. 그것이 어디에서 오는지는 알 수 없었다.

어둠이 내린 농구장에서 어슬렁거리고 있는데 인태로부터 전화가 걸려왔다. 근처에 있다며 만나자고 했다.

"잘 지내지?"

인태는 어제도 만났던 것처럼 천연덕스럽게 말을 했다. 정말이지 인태는 아무 일도 없어 보였다. 몸을 흔들거나 노래를 흥얼거리는 건 여전했지만 전과는 어딘가 달랐다. 더 단단해지고 성숙한 느낌이랄까. 목소리에 힘이 있고 표정도 한결 여유로워 보였다. 무엇보다 눈빛이 형형했다. 내가 생각했던 것보다 인태는 더 많이 변화한 거였다.

"모두 널 걱정하고 있어."

"보다시피 난 아무렇지도 않잖아."

"그래, 넌 더 좋아진 것 같아. 하지만……"

"하지만 뭐?"

"네가 내 옆에 있는 게 더 나아."

그 말을 하는데 나도 모르게 목 안이 뜨거워졌다.

"그러니까 넌 내가 옆에 없다고 생각했다는 거지?"

"아니, 그게 아니라……"

"아니긴, 뭐가 아니야? 표정에 다 씌어 있는데."

"됐어, 왔으니까. 네가 좋으면 된 거지."

"이 자식이 왜 이래? 찌질하게 눈까지 벌게져가지고."

"부검은 잘돼가?"

"물론이지. 더불어 내 영혼도 부검 중이고. 엊그제 드디어 무언이를 만났어. 자식, 한동안 안 올 것처럼 튕기더니 결국 와주더라."

기다려왔던 말인데, 막상 뒷이야기를 듣는 게 겁났다.

"안 궁금해?"

"뭐래?"

"뭐라긴, 나보고 잘 생각했대지."

"뭘?"

"학교 쉬면서 오프라인 상태 된 거."

"무언이 잘 지낸대?"

"매우! 요즘은 날아다닌다던데? 다리를 잃은 대신 날개를 얻었다나 봐. 우리가 뭘 하는지 다 내려다보고 있다더라. 잘 지내라고 당부했어. 특히 너 찔찔 짜는 건 더 못 봐주겠대."

무언이다운 말이었다. 아니, 인태다운 말이었다.

"내가 언제?"

"지금도 네 표정, 엄청 웃긴 거 알아?"

"내가 뭐 어쨌다고?"

"터지기 직전의 물풍선."

"……"

"아무튼, 다른 건 몰라도 이거 하나만은 분명하게 알게 됐어. 똑같은 일을 당해도 어떤 사람은 죽을 만큼 고통스러워하고 어떤 사람은 조금 덜하다는 거. 수술할 때 마취의 정도도 다르다고 하잖아. 무언이 그 자식 우리 생각보다 훨씬 약한 애였는데, 그걸 몰랐어. 무언이한테 미안한 것도 그거야. 하이킹만 해도 혼자 보내는 게 아니었어."

"좀더 알기 쉽게 얘기해봐."

"사실은 하이킹 가기로 한 날 무언이를 봤어."

"우리 셋 다 못 갔잖아."

"처음엔 나도 못 간다고 했지. 근데 전화가 왔더라. 떠나기 바로 전에. 정말 같이 갈 수 없겠냐고 물었는데 난 대답을 하지 못했어. 골든벨 대회가 코앞이라는 말이 왠지 핑계 같고 비겁한 것 같아서. 무언이가 먼저 말을 꺼냈어. 꿈을 꾼다고, 밤마다."

"꿈?"

"목 안에 철사처럼 뻣뻣한 머리카락이 다발로 들어차 있는데 그걸 빼내고 빼내도 끝없이 나오는 꿈. 목구멍이 머리카락을 만드는 공장도 아닌데……"

"……"

"근데 그런 거 있잖아. 오랫동안 말하지 못해서 어떻게 말하는 지조차 잃어버린 사람처럼 말을 자꾸 더듬고……"

나야말로 철사 다발이 들어 있는 것처럼 입안이 얼얼했다.

"그날도 그런 꿈을 꾸었다고 했어. 내가 다음에 같이 가자고 했더니 자기 혼자라도 기어이 갈 거래. 어차피 난 혼잔데 뭐, 그러면서. 그 말이 내 가슴을 찌르는 거야. 철사가 다발로 가슴을 쑤시고 들어오면 그런 느낌일 것 같았어. 무언이한테 기다리라고 하고는 곧바로 떠났는데, 이미 무언인 출발한 뒤였어. 나는 우리가 정해놓은 코스를 따라서 미친 듯이 페달을 밟았어. 무언일 거의 따라잡았는데 그 순간 무언이가 트럭을 향해…… 한순간에 모든 게 달라진 거야. 내가 조금만 더 빨리 갔어도 그런 일이 일어나지 않았을지 몰라."

무언이가 트럭을 향해 뛰어들었다니, 믿을 수 없었다. 사고라는 게 그렇듯이 순식간에 일어난 일이고 인태가 잘못 보았을 수도 있었다.

"믿을 수 없다는 표정이네."

"사고였잖아. 사고!"

"사고인 건 맞지만 꼭 사고라고만 할 수도 없어. 무언이 마음은 벌써부터 죽음에 닿아 있었으니까."

"그건 또 무슨 말이야?"

"진실이라는 게 사실 너머에 있는 거잖아."

인태가 휴대폰을 내밀었다. '미안하다. 나 먼저 간다.'

"먼저 떠난다는 거 아냐? 하이킹."

"나도 그런 줄 알았어. 그렇게 믿고 싶었고. 그런데 시간 차가 있었어. 나중에 안 건데 나랑 통화하기 전에 보낸 문자였더라."

"네 말대로 무언이가 트럭으로 뛰어들었다고 쳐. 그럼 왜 그랬냐는 거지."

"외로웠으니까."

"죽을 만큼?"

"목 안에 철사 같은 머리카락이 다발로 들어 있으니 얼마나 고통스러웠겠어. 억울하고 답답한 걸 누구한테라도 말하고 싶었던 거겠지. 그땐 정말 몰랐어. 무언이가 얼마나 말을 하고 싶어 했는지. 난 솔직히 무언이 전화 귀찮아서 안 받은 적도 있어. 하소연이나 하겠지 싶어서. 걔 전화 받고 나면 뭐든 해줘야 할 것 같은 부담감도 생기고. 그러기에는 나도 마음의 여유가 없었지. 그래서 내 코가 석자라고 합리화하면서 피했던 거야. 고작 이유가 그거였다니, 그 자식은 죽을 만큼 아팠는데 말이야."

"근데 왜 이제야 그 말을 해?"

"그땐 모두를 위해서 그 편이 나을 것 같았어. 시간이 해결해주겠거니 한 것도 사실이고. 상처는 속으로 곪고 있는데 아무렇게나 봉합해버리고는 외면한 거지. 결국 터지고 말 건데. 실은……"

무언이가 속칭 바바리맨 같은 행동을 했다는 거였다. 그 말을 듣는 순간 숨이 턱 막혔다.

"불면증에 시달리다 한밤중에 집을 뛰쳐나와서 공원까지 걸었대. 어느 순간 자기도 모르게 그러고 있더래. 그걸 하필 같은 학교 애가 지나가다가 우연히 봤나 봐."

"그래서?"

"입이 무거운 애였는지 소문을 내지는 않았대. 그런데……"

하필 그 장소에서 성폭력 사건이 일어났고 설문조사에서 그 사실이 드러났다는 거였다. 더 보고 말고 할 것도 없이 무언이 용의자로 지목되었다고.

"그걸 어떻게 알았어?"

"무언이 어머니를 만났어. 일기장을 보여주시더라. 학교 찾아 가서 걔네 담임 선생님도 만났어. 무언이가 학교에 적응을 잘 못 했대. 처음엔 그럭저럭 지냈는데 기계 만지고 하는 게 체질에 안 맞았나 봐. 전학 가고 싶다고 몇 번 그러더래. 관내에서는 못 간 다고 했더니 실망이 컸는지 말이 없더래. 그러고는 끝내……"

"……"

"참, 무언이가 너 보고 싶대. 순재도. 그리고 고맙다고 했어. 행복했단다. 우리가 친구여서."

나는 아무 생각도, 아무 말도 할 수 없었다. 가슴이 먹먹할 뿐이 었다.

"사실은 영혼 박물관도 무언이가 알려준 데야. 거기서 춤을 췄 던 거더라. 무언이가 한번 놀러오라고 했는데 간다고 해놓고 못 갔어. 뭐 별게 있겠나 싶었지. 기껏해야 자퇴생들이 시시껄렁하게 노는 데라고만 생각했거든. 가보지 않았으니까."

더 이상 말이 필요 없었다. 인태와 나는 '영혼 박물관'으로 향
했다.

'어둠을 지나 빛을 향해 나아가는, 불안한 영혼들의 꿈을 위한
실험실.' 현관의 목판에 그렇게 적혀 있을 뿐 어디에도 영혼 박
물관이라는 이름은 없었다. 입구부터 계단에 이르기까지 숲의 전
경이 펼쳐진 그림이 그려져 있었다. 그로 인해 마치 숲 속의 비
밀스러운 공간에 들어서는 느낌이었다.

"여기 한번 들어가면 나오기 힘든데, 괜찮겠어?"

"난 너랑 달라."

"어? 말 되네."

인태가 앞장서고 나는 뒤를 따라 들어갔다.

실험실 안은 기대한 것보다 훨씬 생기가 넘치고 묘한 분위기
를 풍겼다. 가장 먼저 눈에 들어온 것은 책이었다. 많기도 하고
종류도 무척 다양했다. 생태와 환경, 철학과 문학, 예술…… 만
화책도 있고 학교에서 본 권장도서도 몇 권 들어 있었다. 하지만
표지부터 새로운, 다른 종류의 것들이 더 많았다. 또 기타와 드
럼, 키보드를 비롯해 아이들이 좋아하는 악기들이 대부분 갖춰져
있었다.

"어서 와."

인태의 새로운 친구들이 나를 반갑게 맞아주었다. 아이들의 옷
차림과 머리 스타일부터 톡톡 튀었다. 학교에서는 꿈도 꾸지 못

할 모습이었다.

아이들은 아주 자연스럽게 자기 일을 했다. 차를 우리고 과자와 잼을 만드는가 하면, 무언가를 디자인하고 연주했다. 언제 그런 것들을 배웠는지는 알 수 없지만 보통은 넘는 솜씨였다. 그들은 나와 같은 아이들이었지만 같은 아이들이라고 할 수 없었다. 제각기 좋아하는 일을 즐기고 있었다. 책을 읽거나 음악을 듣고, 춤을 추는 아이들도 마찬가지였다. 무언가를 조립하고 분해하는 아이들도 다르지 않았다.

학교 밖으로 나가면 위험하다는 말은 맞지 않았다. 인태와 아이들은 전혀 위험해 보이지 않았다. 심지어 나는 동화나 만화 혹은 소설 같은 이야기 속에 들어와 있는 듯한 착각이 들었다. 어쩌면 나도 이미 이곳에 속해 있는지도 모른다.

"난 네가 지구의 반대편으로 가버린 줄 알았는데."

"내가 가긴 어딜 가? 여기 이렇게 있잖아."

"넌 여기서 주로 뭘 해?"

"나야 책방지기밖에 더 하겠냐. 다른 사람보다 먼저 책을 찾아 읽고 좋은 걸 권하기고 하고, 토론을 이끌어가는 정도지 뭐. 물론, 그 중심에 부검이 있지."

"과식하지 마라. 아무리 좋은 것도 지나치면 안 좋아."

"제발 좀 그래 봤으면 좋겠다. 책이란 게 읽을수록 허기가 져서 말이야."

"확실히 맛이 가긴 갔네."

"어라? 순재 자식, 문자 들어왔다. 자전거 하이킹 가잔다. 다음 주 일요일에."

"순재랑도 연락했어?"

"있잖아, 부검. 어젯밤에 겨우 시작했지. 원체 머릿속이 복잡한 놈이라서 시간이 좀 걸릴 것 같아. 걔 의사 되면 시체 부검할 텐데, 영혼 부검부터 가르쳐주려고."

"죽은 것들한테만 하는 게 아니었어?"

"어떻게 보면 우리 모두 죽은 것처럼 살고 있는 영혼들이잖아."

이 자식은 왜 이렇게 마음을 뒤흔드는 말만 골라서 하는지. 나도 한마디쯤 자식의 머리를 후려치는 말을 하고 싶은데 이미 가슴이 뻐근했다.

"너도 해줄까?"

"난 노 땡큐야."

"안 그래도 예약이 밀려 있어서 해줄 수도 없어."

"뭐?"

"넌 상태가 비교적 양호하니까 천천히 하지 뭐. 그나저나 너 우리 집 앞에서 왜 맨날 어슬렁거리고 그러냐? 누나가 그러더라."

"그럼 집에서도 얘기가 잘된 거야?"

"꼭 그렇다고는 할 수 없지. 내가 언제 어떻게 돌변할지 모르잖아. 아무튼 아빠가 스스로 책임질 수 있는 일을 하라고 하셨어. 집으로 돌아오는 길이 너무 멀지 않았으면 좋겠다고. 엄마도 아니고 아빠가 그러시는데 기분이 이상하더라. 스스로 책임진다는 게 전보다 더 어렵게 느껴지고. 과연 잘하고 있는지 돌아보게 되고, 나 자신에게 자꾸 묻게 되고 그래."

"그래, 넌 전보다 훨씬 괜찮아 보여."

"과거로 돌아갈 수 없는 이상 지금, 여기서 뭘 해야 하는지 찾아야지. 맥락의 다리를 건너 우린 곧 또 다른 시간을 맞이해야 하니까."

그렇다. 기왕의 시간 뒤에는 또 다른 시간이 오게 마련이다. 그 경계가 어디쯤일지, 미래가 어떤 식으로 올지는 알 수 없어도 그날을 맞이하기 위해 우리는 오늘을 분투해야 한다. 문제는 지금, 여기라는 것이다.

왠지 오늘 밤은 바람이 좀더 세게 불어도 좋을 것 같다.

성, 스러운 그녀

얼굴이 하얗다 못해 푸른빛이 도는 여자애, 일명 성모마리아가 골목 어귀에 서 있었다. 반가우면서도 가슴이 철렁했다. 일주일째 학교에 오지 않아 걱정했던 건 사실이다. 하지만 이런 식으로 맞닥뜨릴 거라고는 예상치 못했다.

무슨 일이지? 설마, 나를 보러온 건 아니겠지?

못 본 척하고 지나치려는데 그 애가 앞을 가로막았다.

"할 말이 있어."

"어?"

그 애가 내 눈을 뚫어져라 바라보았다. 나는 눈을 어디다 둘지 몰라 허둥댔다. 그 애는 작정이라도 한 듯 물러서지 않았다.

"시간 좀 내줄래?"

대답 대신 나는 그 애의 목에 십자가 목걸이가 걸려 있는지부터 살폈다. 없었다. 미안하다는 말을 해야 하는데, 말이 목에 걸려 나오지 않았다.

번데기에 동정녀라, 환상의 조합인데? 성스럽지. 개성스러워. 일주일 전 상범이 패거리에게 당한 모욕을 생각하면 아직도 속이 활활 뒤집혔다. 남자들끼리 치고받고 하는데 계집애가 겁도 없이 끼어들기는. 합리화를 해보아도 어쩔 수 없이 속이 켕겼다. 이럴 때는 슬쩍 피하는 게 상책이다.

"지금은 좀 바쁜데."

"잠깐이면 돼."

"저기, 빨리 집에 가봐야 해서……"

간신히 그 애를 따돌리고 걸음을 재촉했다. 그런데 그 애의 말이, 물기 어린 표정이 자꾸 떠올랐다.

왜 나를 찾아온 걸까? 할 말은 또 뭐지?

나답지 않게 왜 이러는 거야. 그 애에 관해서라면 오래전에 신경 끄기로 하지 않았나.

기분이 가라앉으면서 느닷없이 허기가 몰려왔다.

엄마는 아줌마들과 화투판을 벌이고 있었다. 아들의 기말고사가 다가오는데 노름꾼을 불러들이는 엄마라니. 그래도 어쩌겠는가. 아버지 없이 혼자 나를 키우느라 뼛골이 빠진다는데. 엄마 말마따나 나는 공부를 잘하는 것도, 인물이 잘난 것도 아니었다. 엄마의 자랑도 기쁨도 되어주지 못하니 그 정도는 눈감아줄 수밖에.

그나저나 이 난국을 피해 어디로 가야 한담? 시험 때이니 도서관에 가야 하는 게 마땅할 것이다. 하지만 나는 도서관 체질이 아니었다. 자리에 앉는 순간 잠신이 먼저 알고 도래하신다. 다른 피신처라고는 떠오르는 데가 없었다. 그런데 이게 웬 떡인가. 창희 누나가 사는 옆방 문이 빠끔 열려 있었다. '너의 무단 침입을 허하노라.' 누군가가 내 귀에 대고 속삭였다.

방바닥에는 누나의 몸만 쏙 빠져나간 이불이 반쯤 젖혀져 있었다. 누나의 속옷들이 나를 보더니 일제히 아우성을 쳤다. 나는 잽싸게 속옷을 주워들고는 이불을 둘러썼다. 정신이 몽롱해지고 몸에서 힘이 빠져나갔다.

사방에서 아지랑이가 피어올랐다. 나는 꽃 덤불 속에 누운 채 닿을락 말락 하는 누나의 얼굴을 올려다보았다. 브이 라인에 애교 점만으로도 근사한데 눈썹은 연예인 저리 가라 수준이었다. 오랫동안 야미로 눈썹 문신을 해온 엄마의 솜씨 중 최고였다. 누나가 그윽한 눈길로 나를 내려다보았다. 나는 언제까지나 이렇게 누워 있고 싶었다. 브래지어 밖으로 밀려나온 누나의 젖가슴이 느껴졌다. 어찌나 황홀한지 눈물이 다 찔끔 나올 지경이었다. 어느새 콧잔등에 따스한 기운이 밀려오고 누나의 입술이 내 입술에 닿았다. 곧이어 말랑말랑하고 축축한 것이 내 입속으로 미끄러져 들어왔다. 곱슬머리에 주먹코, 팔다리에 털이 부숭부숭한 내가 매력 덩어리 누나와 키스를 하는 순간이었다. 누나의 손이 내 셔츠 속으로 파고들더니 어느새 바지 속으로 질주했다. 삶이란 수수께끼 같은 것이었다. 어느새 바지 속이 불룩해졌다.

"야!"

고함 소리에 눈을 떴을 때는 방 한가운데서 엄마가 나를 노려보고 있었다. 이미 젖어버린 바지의 속사정을 감추기 위해 나는 길게 하품 소리를 내며 돌아누웠다.

"잘한다 잘해. 시험이 낼모렌데 대낮부터 자빠져 잠이나 자고. 독서실 같은 델 가면 죽을병이라도 옮는다던?"

"언제는 건강하게만 자라달라면서."

"뭐야?"

나는 아무 대꾸도 하지 않았다. 무안함을 감추는 방법으로는 공격이 최상이었다.

"나도 해줘."

"뭘?"

"그거."

"그게 뭐야?"

"칫, 다 알면서 그래."

"놀고 있네."

"다른 애들은 다 했단 말이야."

"따라 할 게 따로 있지 남 한다고 다 하냐?"

"오줌이 옆으로 튄다니까."

"똑바로 서서 싸면 될 거 아냐?"

"엄마, 내 친엄마 맞아?"

"말하는 싸가지 하고는. 너 같은 놈 키우면서 내가 여태 암 안 걸리고 산 게 용하지."

"그런 말 하는 사람은 절대 암 안 걸린대."

"그래? 그렇다면 천만다행이고."

엄마야말로 하나밖에 없는 아들에게 이렇듯 무관심해도 되는 것일까. 이 나이 되도록 고래 하나 안 잡아주었다. 그러면서 말로만 우리 아들, 아들. 허구한 날 아줌마들하고 수다를 떨면서 귀는 장식으로 달고 다니시나.

중학교 3학년이 되자 아이들은 급변했다. 장난을 치는 대신 담배를 피우는 아이들이 늘어났고 무엇보다 뻔뻔해졌다. 화장실에서 용무를 마치고도 지퍼를 올리지 않고 서로 힐끗거렸다. 나는 어지간히 급하지 않으면 화장실에 가지 않았다. 참다 참다 안 될 때는 대변기 칸으로 뛰어들어가곤 했다. 거기까지는 괜찮았다. 뒤늦게 수학여행을 다녀온 다음이 문제였다. 이전까지와는 비교도 할 수 없는 변화가 찾아왔다.

수학여행의 하이라이트인 장기자랑이 가져다준 흥분의 여파는 숙소까지 이어졌다. 상범이 패거리가 숨겨놓은 소주를 마시더니 성 경험에 대해 이야기했다. 저희들끼리 낄낄대다가 몇몇 아이가 우쭐댔다. 경험이 없는 아이들은 호기심 어린 눈으로 그 애들을 바라보았다. 의외의 아이가 최고 연상과의 최다 경험으로 숙맥의 자리에서 단번에 지존으로 등극했다. 그 아이를 향한 선망의 눈길은 사뭇 유치했다. 나는 본능적으로 그런 것들로부터 물러나 있었다. 허무하게 지존의 자리를 내준 상범이 패거리가 한참 식식거리다가 샤워실로 들어갔다. 무슨 꿍꿍이가 있지 싶었다. 아니나 다를까 아이들을 한 명씩 샤워실로 불러들였다. 서로 포피를 잡아당기다가 재미가 붙었던 듯했다. 나는 가슴이 덜커덕 내려앉았다. 무슨 수를 써서라도 위기를 모면해야 한다는 생각뿐이었다. 하는 수 없이 머리가 아프다는 핑계를 대고 누웠다. 방마다 돌아다니며 아이들을 감시해야 할 선생님들도 뭘 하는지 기척이 없었다. 예상대로 아이들은 나를 가만 놔두지 않았다. 야, 저 새끼 저거 고자 아냐? 오줌도 앉아서 싸고. 그러고 보니 이 짓궂은 장난은 처음부터 나를 겨냥한 음모라는 생각이 들었다. 나는 이불을 머리까지 둘러쓴 채 시간이 흘러주기를 바랐다. 어떻게든 잠을 자려고 애썼다. 잠이 안 올 때 쓰는 방법, 일종의 주문을 외웠다. 스스로 심령술사가 되어 의식을 지배한 덕분에 잠들 수는 있었다. 하지만 그것은 돌이킬 수 없는 실수이자 화근이 되어 돌아왔다. 내가 잠든 사이, 아이들이 내 하의를 상실시킨 것이다. 그럼 그렇지, 번데기였군. 다음 날 아침 소문은 일파만파로 번졌다. 여자애들까지 덩달아 낄낄대며 나를 덜떨어진 아이로 취급했다.

그 일만 생각하면 지금도 속이 부글부글 끓는다. 그 후 상범이 패거리가 대놓고 나를 무시했다. 어이, 번데기! 하고 부르는 건 예사고 비엔나, 코딱지가 어쩌고 하면서 비웃기 일쑤였다. 심지어는 침을 뱉거나 발을 걸기도 했다. 어디 그뿐인가. 쉬는 시간이 되면 빵과 햄버거, 음료수 따위를 사오라고 심부름을 시켰다. 처음 몇 번은 못 들은 척하며 버텼지만 아이들은 집요했다. 어쭈? 이 새끼, 이거 번데기 주제에 간땡이까지 배 밖으로 출타하셨다? 들어주지 말아야지 했다가도 그 애들과 눈이 마주치면 도리가 없었다. 여자애들은 그걸 쉽게 포착했다. 여자 어른들이 큰집과 고급 승용차를 가진 남자들을 간택하듯이 여자애들은 힘 있는 남자애들 주변을 알짱거렸다. 아니, 고래를 잡지 않은 애들을 껌 딱지 보듯 했다. 부당한 일이었지만 내가 어떻게 할 수 있는 것이 아니었다.

나는 침묵함으로써 그 애들과 아슬아슬한 줄타기를 했다. 초등학교 동창인 성모마리아, 그 애만이 거기서 비켜 있었다. 하지만 나는 그 애가 더 부담스러웠다. 얼굴이 창백하고 말이 없는 애로 아이들과 잘 어울리지 않았을 뿐만 아니라 남자아이들에게는 더 까칠하게 굴었다. 상범이 패거리가 아무리 집적거려도 그 애는 눈 하나 깜짝하지 않았다. 거기에 약이 오른 패거리 중 누군가가 오호, 성스러운 몸이시다? 비아냥거린 것이 성모마리아라는 별명으로 굳어버렸다. 초등학교 때는 발레 콩쿠르에 나가 상도 몇 번 받더니 중학교에 와서는 발레를 하지 않았다. 집이 망했을 거라는 둥 발레에 소질이 없을 거라는 둥 성질이 더러워서 잘렸을 거라는 둥 소문만 무성했지 정작 진실을 아는 아이는 없는 듯했다. 그 애가 도마 위에 오를 때마다 나는 가슴이 아릿했다. 그렇다고 대놓고 그 애 편을 들고 나서지도 못했다. 초등학교 때 강당 창문에 매달려 그 애가 춤추는 걸 훔쳐보았다가 코치에게 늘씬하게 얻어맞았다. 그 후로 그 애하고 엮이는 것은 되도록 피했다. 백조 말이야, 우아하게 물에 떠 있는 것 같지만 실은 물에 빠지지 않으려고 버둥거리고 있는 거래. 언젠가 그 애가 보내온 문자에도 답신을 보내지 않았다. 내 마음속의 그 애는 투구를 쓴 유리 인형이었다. 그래서 이따금 그 애의 시선이 등에 꽂히는 걸 느끼거나 그 애와 눈이 마주쳐도 슬쩍 외면하는 쪽을 택했다. 한번은 내가 숙제를 못 해온 걸 알아챈 그 애가 자기 공책을 내밀었다. 나는 단호하게 거절했다. 그런 일로 그 애가 남의 눈총을 받는 걸 보니 차라리 내가 벌을 서는 게 속이 편했다.

이번 일만 해도 그 애가 나 대신 상범이 패거리의 심부름을 해준 것이 문제였다. 번데기와 동정녀라, 환상의 조합인데? 피차 꼴리는 일도 없을 테니 성스럽겠네. 개성스러워. 상범의 입에서 그 말이 튀어나왔을 때 내 머릿속의 필라멘트가 툭 끊겼다. 녀석을 향해 주먹을 날린다는 게 그만 옆에 서 있던 그 애의 턱을 쳐서 목걸이를 망가뜨렸다. 그 애는 표정 하나 흐트러지지 않은 채 목걸이를 주워들고 돌아섰다. 그 애에게 미안하다는 말을 할 기회마저 없었다. 다음 날부터 벌써 일주일째 그 애가 학교에 오지 않았다. 교실이 텅 빈 것처럼 허전하고 그 애가 걱정되었다. 속을 드러내지도 못하고 혼자 끙끙 앓았다. 아이들은 성스러운 그녀에게 린치를 가했으니 그 애가 학교에 오는 날이 곧 내 장례를 치르는 날이 될 거라고 입방아를 찧어댔다.

그 모든 치욕과 환란으로부터 나를 구원해준 사람은 옆방에 사는 창희 누나였다. 우리가 이사 오기 전까지는 회사에 다녔다고 했다. 무슨 이유에선지 회사를 그만두고 문신 기술을 배운다며 엄마를 따라다녔다. 기술을 배워서 돈을 많이 벌 거라는 말을 입에 달고 살았다. 그러나 그것은 내가 여자 친구를 사귀는 것만큼이나 요원한 일로 보였다. 어쩌면 영원히 불가능한 일일지도 모른다. 그 일을 몇 년이나 해온 엄마가 한 달 동안 버는 돈은 고작 우리 가족의 생계 유지비 수준이었다. 게다가 창희 누나는 시도 때도 없이 값비싼 화장품과 짝퉁 가방, 블링블링한 하이힐과 장딴지에 꽉 끼는 부츠를 사들였다. 카드 값 갚기도 바쁠 게 뻔했다. 또 걸핏하면, 친구들과 클럽에 다니면서 술을 마셨다. 누나의 몸에서는 담배 냄새와 향수 냄새가 뒤섞여 야릇한 향기가 났다. 바로 그 냄새가 나의 욕망을 자극했다.

이따금 술에 취해 풀어진 눈으로 누나가 불쑥 방문을 열고 들어왔다. 우리 꼬맹이 아직 안 잤쪄? 하면서 내 볼에 쪽 소리가 나게 뽀뽀를 했다. 그 순간 나는 석고상이 되어버렸다. 한번은 밤새 만화책을 본 다음 날 쌍코피가 터졌다. 마침 옆에 있던 누나가 내 머리를 안고 휴지로 코를 막아주었다. 누나의 손이 내 머리에 닿는 순간 몸이 나른해졌다. 나는 코피가 그치지 않기를 바라면서 누나가 어떤 팬티를 입었을까 상상했다. 가까이서 보니까 더 잘생겼네. 그 말은 그때까지 들어온 말 중에서 가장 기분 좋은 말이었다. 이성으로부터 처음 들어본 말이기도 했다. 그날 이후 누나는 성장기 영양 공급을 구실로 우유나 과자 부스러기를 들고 내 방에 자주 들어왔다. 고마운 코피! 이따금 누나의 친구들이 찾아오기도 했다. 그녀들은 담배를 피우고 짝짝 소리를 내며 껌을 씹었다. 하나같이 가슴골이 드러나는 티셔츠를 입고 가짜 속눈썹을 붙이거나 아이라인과 마스카라를 떡칠한 채였다. 입술만 해도 핏물에 담갔다가 금방 빼낸 것처럼 새빨갰다. 엄마는 귀신도 도망칠 날라리들이라며 질색했지만 나는 누나들이 싫지 않았다. 그녀들은 나를 아주 귀여워해주었다. 또 키스할 때 혀를 어떻게 해야 하는지도 알려주었다.

그때까지만 해도 나는 누나에게 엉뚱한 생각을 품지 않았다. 그런데 운명처럼 그 일이 찾아왔다. 누나에게 빌린 만화책을 돌려주러 갔는데 마침 누나가 샤워 중이었다. 유리문에 비친 실루엣을 본 것에 불과하지만 상상이라는 게 더 적나라한 법이다. 너, 한 번만 더 그랬다가는 죽을 줄 알아! 누나가 성난 고양이처럼 크릉댔다. 나는 만화책을 손에 쥔 채 도망치듯 방을 빠져나왔다. 그 후 누나는 아무 일도 없었다는 듯 나를 대했다. 나는 방금 쪄낸 호빵처럼 봉긋한 누나의 가슴이 떠올라 얼굴이 화끈 달아올랐다. 매일 밤 누나의 몽실한 가슴에 안겨 잠드는 곰 인형이 되고 싶었다. 아니다, 아니다 하면서도 밤마다 벌거벗은 누나를 상상하면서 번데기를 주물럭거리게 되었다. 그때만큼은 번데기마저도 사랑스러웠다. 그렇다. 욕망이란 한번 시작되면 멈출 수 없는 것이다.

"꼬맹이 일찍 왔네. 시험 기간이랬지?"

꼬맹이라는 말에 살짝 자존심이 상했다. 물론 그것보다 누나와 대면하는 게 머쓱해서 나는 얼른 돌아섰다.

"시험 끝나는 날 그거 해줄까? 엄마 관광 가신다던데."

뭘 해준다는 거지? 설마, 고래는 아니겠지? 그럼 뭔가?

"네가 무슨 생각하고 있는지 다 알아. 대신, 엄마한테는 비밀이다. 안 그러면 우리 둘 다 끝장이니까."

엄마한테 들키면 끝장날 비밀이라면, 혹시 키스? 누나도 나랑 키스를 하고 싶었다는 것인가. 꿈에도 생각지 못한 것이지만 꿈에서도 바라던 바였다. 막상 누나가 이렇게 나오니까 두려움이 앞섰다.

"왜, 싫어?"

혹시나 했는데, 이제 모든 것이 확실해졌다. 누나도 역시 그걸 생각하고 있었던 것이다.

"아아니, 저……"

"오케이. 그럼 그렇게 알고 있을 테니까 혹시라도 마음 바뀌면 말해."

도깨비에게라도 홀린 기분이었다. 내가 더 이상 코흘리개 소년이 아니라는 것을 누나도 인정한 거였다. 나도 이 일을 약진의 발판으로 삼아 내 남성의 미래를 공고히 해야 하리.

하지만 시간이 흐를수록 겁도 나고 마음의 갈피를 잡을 수가 없었다.

굴러들어온 복을 걷어차다니, 바보 아냐? 수학여행 때의 굴욕을 벌써 잊었느냐고?

그래, 죽이 되든 밥이 되든 부딪쳐보는 거다.

그러나 넘어야 할 산은 또 있었다. 나는 처음이라지만 누나는 처음이 아닐 거였다. 무턱대고 들이댔다가는 첫 키스가 마지막이 될지도 모른다. 그래도 명색이 남자인데 분위기는 내가 잡아야 할 것 아닌가. 스리슬쩍 손이라도 잡으려면 타이밍이 중요했다. 이제 와서 무림고수들을 찾아가 조언을 구하자니 자존심이 허락하지 않았다. 궁리만 하다가 속절없이 시간만 흘려보냈다. 정말이지 머리털이 몽땅 빠질 지경이었다.

그런데 이게 웬일인가. 뜻이 있는 곳에 길이 있다더니, 백문이 불여일견! 영화와 드라마 속에는 키스의 정석들이 얼마나 많던가. 콜라를 뒤집어쓰고 하는 콜라 키스부터 숟가락을 사이에 두고 하는 숟가락 키스, 거품 키스, 사탕 키스, 하물며 계단 키스까지 키스의 종류는 넘쳐났다. 시험 기간 내내 나는 케이블방송에서 드라마와 영화를 돌려보며 키스의 기술을 익히고 연마했다. 내친김에 엄마의 주민등록번호를 도용해서 야동까지 마스터했다. 그야말로 야리야리동동! 덕분에 성적은 바닥을 쳤다. 지금 그깟 성적 따위가 다 무엇인가. 이런 날을 위해 스케일링이라도 해두는 건데. 아쉽지만 지금으로서는 양치질만이 최선이었다. 삼삼삼 법칙 준수!

고난과 갈등 속에서도 결전의 날은 오고야 말았다. 눈을 감아도 눈을 떠도 머릿속에는 누나의 입술뿐이었다. 손에 땀이 배고 다리까지 연방 후들거렸다. 머리를 감고 이를 닦으면서도 가슴은 계속 두방망이질 쳤다.

"누워봐."

거사를 도모하기에는 이른 시간인 데다 밖이 너무 환했다.

커튼이라도 쳐야 하지 않을까.

아니, 기왕 하는 건데 꼭 어두울 필요는 없지.

이 순간을 위해 여태 살아온 것만 같았다. 누나의 숨소리가 제법 크게 들려왔다.

"처음이라 그런지 은근 긴장되네."

거짓말!

"넌 기본 선이 굵어서 조금만 해도 되겠다. 따가워도 참아."

참을 수 있다뿐인가. 사나이 역사를 새로 쓰는 순간인데.

"남자는 뭐니 뭐니 해도 눈썹이 생명이야."

이건 또 무슨 말이지?

누나가 뜸을 들이는 것도 그렇고, 왠지 느낌이 이상했다. 눈을 떠서는 안 된다는 생각을 하는데도 눈이 절로 떠졌다. 눈을 뜨는 순간, 벌어진 입이 다물어지지 않았다. 엄마가 일 나갈 때 쓰는 가방과 도구들이 펼쳐져 있었다.

수학여행 때와는 또 다른 모멸감, 완패당한 기분이었다. 누나가 밉고 얼굴도 보기 싫었다.

그날 이후 학교에서 돌아오면 방 안에 틀어박혔다. 누나도 무슨 일이 있는지 매일 늦게 들어와서 서로 마주칠 일이 없었다. 그렇게 닷새가 지났다.

현관으로 들어서는데 오늘따라 집 안에 흐르는 공기가 이상했다. 아니나 다를까, 누나의 방에서 낯선 남자 목소리가 흘러나왔다. 아니, 연이어 들리는 고양이 울음소리의 주인공은 누나였다. 나는 안절부절못하고 누나 방 앞을 서성거렸다.

갑자기 방문이 열리고 누나의 목소리가 들렸다.

"꼬맹이 왔구나?"

내 기분은 안중에도 없는 듯 샐샐거리기까지 하는 누나가 야속했다. 가방을 팽개치고 현관을 뛰쳐나오다가 하필 계단을 헛디뎌 넘어질 뻔했다.

"덜렁대기는. 참, 성모님은 학교에 왕림하셨니?"

"……"

"근데 하필이면 성모님이냐? 성모님은 니가 좋아하는 거 알기나 해? 짝사랑 그거 잘못하면 골병드는데……"

순간, 둔중한 무언가로 얻어맞은 것처럼 머리가 짜르르했다. 성모마리아, 제발 학교 좀 와라! 네가 없으니까 학교 다닐 맛이 안 나잖아. 연습장에 낙서한 걸 누나가 본 게 틀림없었다. 속에서 열이 뻗쳐오르고 얼굴이 후끈거렸다. 누구든 그 애와 나를 연관시켜 입에 올리면서 비웃는 건 참기 어려웠다. 아니, 오래도록 물밑에 가라앉아 있던 것이 돌연 수면 위로 떠올랐을 때의 당혹감이라고 할까. 머릿속이 뒤죽박죽이었다. 담벼락을 발로 차보아도 끓어오른 속이 좀체 가라앉지 않았다. 내 삶이 걷잡을 수 없이 먼 곳으로 흘러가버릴 것 같은 느낌, 무엇보다 그것이 아주 오래 계속될 거라는 두려움과 불안감이 나를 휘감아왔다.

예상은 했지만 생각보다 빨리 그 일이 찾아왔다. 누나를 찾아왔던 남자가 누나 방에 눌러앉아버렸다. 나는 학교에서 돌아오면 매일 가방만 던져놓고 집을 나왔다. 지금이라도 그 남자가 사라져주면 누나를 용서할 수 있을 것 같았다. 아니, 할 수만 있다면 아무 일도 일어나지 않았던 때로 돌아가고 싶었다.

토요일이라 늘어지게 잠이나 자려고 했다. 그런데 다른 날보다 눈이 일찍 떠졌다. 내용도 없고 의미도 모르겠는 꿈들이 잠을 방해했다. 기왕 일어났으니 무언가 생산적인 일을 해야지 싶었다. 하지만 아무것도 손에 잡히지 않았다. 하필 아침부터 날씨까지 꾸물꾸물했다. 어영부영하다 한나절이 지났다. 오후에 접어들면서 강해진 바람이 꿀꿀한 마음을 부추겼다. 집에 계속 있다가는 한없이 가라앉는 기분을 주체할 수 없을 것 같았다. 그렇다고 친구를 불러내는 것도 내키지 않았다.

무작정 집을 나와 하염없이 걸었다. 휴일의 도시를 혼자 걷는 것은 상당한 인내심이 필요했다. 다시 집 쪽으로 발길을 돌렸다. 「kiss and say goodbay」. 어디선가 노래가 흘러나왔다. 비 오는 날 아이들의 등쌀에 못 이겨 영어 선생님이 불렀던 노래. 실연당했을 때 많이 들었다고 했다. 노랫말에 사로잡혀 멈춰 서 있는데 누가 내 팔짱을 끼었다.

뜻밖에도 성모마리아였다. 나는 당황한 기색을 감추려고 딴청을 부렸다. 그 애가 내 팔을 더 꼭 잡았다.

하필 이럴 때 애를 만날 건 뭐람.

"너랑 같이 가고 싶은 데가 있어."

"그, 그러지 뭐."

"뭐 안 좋은 일이라도 있어?"

"아, 아니."

"네 얼굴에 씌어 있는데?"

"아무것도 아니라니까."

"너, 차였구나?"

"차이긴, 누가……"

누나와의 일을 그렇게 말할 수 있을까. 더구나, 다른 사람이라면 몰라도 마리아와 이런 이야기를 하고 싶지는 않았다. 그리고 차였구나, 라는 말이 내 안에 잠들어 있던 무언가를 깨어나게 했다.

"그럼 왜 그래?"

네가 나를 알아? 내 마음을 알기나 하냐고?

내 안의 내가 그 애에게 반박했다. 무엇보다 그 애를 똑바로 쳐다볼 수가 없었다.

이 혼란스러움의 정체는 대체 뭔가?

아니, 내 마음의 밑바닥이 훤히 들여다보였다. 그것이 어디서 비롯되었는지도.

내 마음을 대변해주듯 하늘이 거무죽죽했다. 누나에게 받은 상처와는 다른 무엇, 아주 깊고 오래된 그것을 들키는 것보다는 그 애를 외면하는 편이 나았다.

돌아서서 걸음에 속도를 냈다. 눈앞의 것들이 흐리마리하고 땅이 점점 꺼지는 느낌, 어둡고 낯선 길을 혼자서 걸어가야 할 것 같은 막막함. 대책 없는 쓸쓸함이 엄습했다.

그 애를 돌아보았다. 그 애는 여전히 그 자리에 선 채였다. 나더러 돌아오지 않으면 안 된다고 그 애의 어깨가 말하고 있었다.

둘 다 말도 없이 얼마나 걸었을까. 기어이 비가 쏟아졌다. 순식간에 옷이 젖었다. 그 애의 흰색 남방이 몸에 달라붙어 몸의 곡선이 드러났다. 그 애가 몸을 떨며 웅크렸다.

"저기."

그 애가 낡은 건물을 가리켰다.

"가끔 애들이랑 춤추고 노는 데야."

여기서 뭘 하자는 거지?

뭐, 아무려면 어떤가. 어차피 비도 피해야 하고 잠깐 있다가 가면 될 텐데.

빗발이 점점 거세졌다. 나는 그 애를 따라 건물 안으로 들어갔다.

곁에서 본 것과는 달리 안은 꽤 넓고 정돈되어 있었다. 마루판까지 깔려 있는 것을 보면 누군가가 일부러 만들어놓은 공간이 분명했다. 얼떨떨한 채 서 있는 나를 그 애가 바라보았다. 나도 그 애에게서 눈을 뗄 수가 없었다.

"전에도 그랬는데."

"뭐가?"

"네 눈빛. 날 그렇게 바라봐줬잖아."

"그거야 뭐 네가 예뻤으니까."

나도 모르게 튀어나온 말에 왠지 멋쩍었다. 한시라도 빨리 이 상황을 벗어나고 싶을 뿐이었다. 다행히 그 애가 잠깐만, 하더니 음악을 틀고 마루판 한가운데로 뛰어나갔다. 곧 귀에 익은 음악이 흘러나왔다.

그 애가 고개를 위로 향한 채 손을 모았다. 언젠가 보았던 동작이었다. 멍징하게 되살아나는 시간, 오래된 기억의 회로에 불이 당겨졌다. 그 애가 서서히 팔을 벌리고 음악에 맞추어 느릿느릿 몸을 움직였다. 이상하게 내 숨이 빨라졌다. 그 애가 갑자기 날아오를 듯이 양팔을 벌렸다. 순간, 음악이 휘몰아치고 그 애의 몸이 공중에서 빙그르르 돌았다.

백조!

나는 완전히 얼이 나가버렸다. 내 몸의 모든 기관이 움직임을 멈추었다. 내 눈만이 그 애가 움직이는 방향을 따라 회전할 뿐이었다. 양팔을 벌리고 너울너울 날갯짓을 하며 그 애가 나에게로 다가왔다. 팔을 뻗어 나를 이끌고는 깃털 속에 알을 품듯 나를 안았다. 그 애의 몸은 흠뻑 젖어 있었다. 달착지근하면서도 알알한 기운이 온몸으로 퍼져나갔다.

"너한테 꼭 한번 보여주고 싶었어."

가슴속에서 무언가 뜨거운 것이 차올랐다. 무슨 말이든 한마디쯤 해야 할 것 같은데 입은 이미 내 입이 아니었다.

나보고 어쩌라고 이러는 거야?

그 애의 가느다란 손가락이 내 눈썹을 지나 볼을 타고 입술로 내려왔다. 내 입술은 얼어붙었다. 그 애가 내 손을 자기 가슴에 가져다 대었다. 복숭아! 나는 그 애를 힘껏 끌어안았다. 숨이 멎지 않은 게 다행이었다.

감미로운 선율이 온몸을 에워쌌다. 그 애의 손이 스치는 곳마다 내 몸에서 불꽃이 일어났다. 그 애의 손이 내 배꼽에서 바지 속으로 내려올지도 몰랐다. 몸이 절로 움찔했다. 번데기, 내가 아직 번데기라는 것을 그 애가 알게 할 수는 없었다. 하지만 이미 그 애가 나를 장악하고 있었다.

그 애가 내 이마와 볼에 키스를 했다. 느리고 부드러운, 그러나 격렬한 움직임이었다. 그것은 나를 한 번도 경험하지 못했던 몽환의 세계로 이끌었다. 그리고 나는 내 몸이 계속 자라고 있다는 걸 느꼈다. 눈앞이 온통 주황빛이었다. 나는 그 빛 속으로 빨려들어갔다. 내 몸속에서도 불꽃이 일어났다. 그것들이 뭉쳐 곧 거대한 기둥을 이루며 타올랐다. 드디어 내 몸속의 화산이 폭발 직전의 순간을 맞이했다.

쿵쾅쿵쾅! 갑자기 밖이 시끌벅적했다. 뭔가 했는데 핫팬츠를 입은 여자애들이 몰려오고 있었다.

"춤 연습하러 오는 애들이야."

우르르 들어온 여자애들이 순식간에 일렬로 정렬했다. 곧이어 망아지처럼 엉덩이를 쳐들고 뛰기 시작했다. 마룻바닥이 들썩거렸다. 하나 둘 셋 넷, 앞으로 뒤로, 위로 아래로……

구령 소리를 뒤로하고 우리는 밖으로 나왔다. 내 몸은 공중을 부유했다. 우리를 따라오던 경쾌한 음악 소리가 그쳤을 즈음 그 애가 걸음을 멈췄다.

"그땐 정말 고마웠어. 너 아니었으면……"

그 애가 말끝을 흐리면서 돌아섰다. 나는 그 말의 의미를 알아채지 못했다. 아니, 모르는 척하고 싶었다. 그 애가 왜 투구를 써야 했는지 알면서도 모르는 척해왔듯. 이런 내 마음조차 그 애가 모르기를 바랐다.

침묵이 흐르는 동안 시간이 빨리 흘렀다. 조바심을 떨쳐내기 위해 애먼 땅만 발로 차댔다. 마음 깊은 곳에서 무언가가 그 애에게 말하라고 지시했다. 차마 입이 떨어지지 않았다. 그 애도 나처럼 고개를 숙인 채 발로 땅을 차고 있었다.

"내일 학교에 올 거야?"

사귀자, 는 말을 하고 싶었는데 엉뚱한 말이 튀어나왔다. 결정적인 순간에 실수라니.

"유학 수속 중이야."

그 애가 내 눈을 뚫어지게 바라보고는 돌아섰다. 그 애를 붙잡아야 한다고 생각하면서도 나는 꼼짝하지 못했다. 그 애가 나를 돌아보았다.

"널 잊지 못할 거야."

그 말이 나를 달리게 했다.

"물에 빠지지 않으려고 버둥거리는 백조, 그게 나였어."

"……"

"네가 나를 바라봐준 그 순간부터 견딜 수 있었어. 네가 나를 견디게 해준 거야. 그리고……"

그때부터 그 애의 마음속에 줄곧 내가 있었다고 했다. 비로소 나는 그 애가 고맙다고 한 말을 받아들여야 한다는 것을 깨달았다. 그래야만 그 애의 마음도 받을 수 있을 테니까.

초등학교 때였다. 나는 그 애를 보려고 틈만 나면 강당 창문에 매달렸다. 춤을 추는 아이들 중에서도 그 애는 단연 돋보였다. 콩쿠르를 하루 앞둔 날은 창문에 매달려 날이 저무는 줄도 몰랐다. 코치의 지시에 따라 아이들이 하나둘 돌아갔다. 마지막에는 그 애만 남았다. 주인공이니까 연습을 더 하려나 보다 했다. 어둠이 내린 뒤였다. 더 늦으면 엄마가 온 동네에 방을 붙여 나를 찾을 것이 뻔했다. 집으로 가는데 무언가가 자꾸 뒤통수를 잡아 당겼다. 되돌아가서 다시 창문에 매달렸다. 그때 믿을 수 없는 광경이 눈에 들어왔다. 그 애가 코치의 품에 안겨 있었다. 나와 눈이 마주쳤을 때 그 애가 입술을 깨물었다. 그 순간 나는 창문을 떠나서는 안 된다는 걸 알았다. 곧이어 코치의 매서운 눈빛이 날아왔다. 손아귀가 찌릿찌릿하고 등에서 진땀이 났지만 나는 거기 그대로 매달려 있었다. 얼마 안 되어 뒤통수에 코치의 주먹이 날아왔다. 무지막지한 발길질이 이어졌지만 나는 찍소리 한번 내지 않았다. 바닥에 널브러져서도 아픈 줄 몰랐다. 그 애를 위해서라면 다리 하나쯤 부러져도, 머리통이 으깨어져도 상관없다고 생각했다.

돌아서는 그 애를 바라보는데 예리한 파편이 가슴을 저미는 통증이 왔다. 이전까지 한 번도 느껴보지 못한 감정이었다. 아니, 그것은 그 애를 처음 바라보았던 순간부터 내 안에 자리 잡은 것이었다. 통증이 온몸으로 퍼져나갔다. 그리고 내 몸이 훌쩍 커버렸다는 것을 느낄 수 있었다.

그새 빗줄기는 가늘어졌다. 톡·톡·톡 빗방울이 이마에서 미끄러져 내렸다. 나는 주먹을 불끈 쥐고 앞을 향해 달렸다.

「성,스러운 그녀」, 우리학교, 2012

직녀의 골목

'통일이 되면 저를 잡아드세요.' 너의 집 대문에 걸린 노란 간판이 눈에 선하다. 꼬끼오, 하며 아침을 알리던 너의 목소리도. 안 그래도 날씨가 더워 땀이 삐질삐질 나고 기력이 달리는 게 너를 잡아먹고 싶은 생각이 굴뚝같은걸.

뭐? 통일되기 전에는 안 된다고?

알았어, 알았어. 농담도 못하냐? 나 리은우 의리 빼면 시체인 거 너도 알잖아.

그나저나 너는 좋겠다. 떡갈나무 아래서 낮잠도 자고 두릅도 쪼아 먹으니. 상팔자가 따로 없다니까. 여기서는 그런 건 꿈도 못 꿔. 난 요즘 방학인데도 보충수업 받으랴 벽화 그리랴 알바까지 뛰느라 몸이 열 개라도 모자랄 판이야. 덕분에 살이 빠져서 얼굴에 각이 생기긴 했어. 각 알지? 브이 라인.

뭐? 부러워?

야, 뭐 이 정도를 가지고.

너도 다이어트 중이라고?

얘가 정말? 넌 그런 거 하지 마. 제발! 모름지기 토종닭이란 엉덩이가 투실투실해야 제맛이지. 비쩍 마른 닭을 누가 잡아먹겠어? 잡아먹은들 보신이 되겠느냐고. 너의 콘셉트 잊었니? 위풍당당! 내가 너한테 끌린 것도 바로 그 점 때문인데.

어울리지 않게 벽화는 또 뭐냐고?

그런 게 있어. 차차 말해줄 테니 조금만 기다려.

그러고 보니 너를 만나고 온 지 벌써 두 달이 지났다. 여기저기 무리 지어 피어 있던 애기똥풀이며 날마다 몸집을 키우던 별꽃, 언제 보아도 수수한 꽃마리와 덥수룩한 털 때문에 눈 마주치기가 쉽지 않던 삽살개 똘이도 그립고. 감칠맛 나던 찔레와 곰취를 먹으며 너와 더불어 지냈던 연둣빛 세상, 그 한 달이 꿈만 같다.

사실 거기서 떠나올 때 발이 떨어지지 않았어. 나를 있는 그대로 받아들여주는 선생님들이랑 친구들하고 헤어지기 싫었거든. 나는 거기서 내 뿌리를 인정하고 자신을 사랑하는 법을 배웠어. 고향 사투리 대신 서울말을 쓰려고 애쓰지 않아도 되는 곳, 남한에 와서 처음으로 편안함을 느꼈던 곳이니까. 무엇보다 네가 있는 곳이잖아. 통일이 오면 몸 바칠 각오가 되어 있는, 아름다운 네가.

그런데 왜 떠나왔냐고?

망태 할아버지 때문이야. 은우 네가 옆에 있으면 힘이 날 것 같오. 그 말이 내 마음을 움직였어. 누군가가 자기를 필요로 한다는 건 존재의 이유가 되잖아. 그곳이 머무르고 싶은 곳이라면, 여기는 내가 있어야 할 곳이라고나 할까.

말이 좀 어렵다고? 내가 요즘 책을 좀 읽었더니. 헤헤!

망태 할아버지가 누구냐고?

나에게 어떻게 살아야 하는지 가르쳐준 분이야. 할아버지는 여섯 살 때 피난길에 아버지를 잃었대. 어머니와 둘이 살아오면서 고생이 이만저만이 아니었지. 중학교밖에 나오지 못했으니 받아주는 회사도 없고. 어쩌다 간판 일을 시작했는데 거기에 재미를 붙여 한평생 간판장이로 살아왔어. 나이가 들어 그것도 할 수 없게 된 지 오래지만. 한때는 영화 간판도 그렸대. 여배우의 가슴을 잘 그려 공전의 히트를 쳤다나. 믿거나 말거나! 할아버지는 아직도 이산가족이 어쩌고 하는 뉴스만 나오면 금세 눈물이 그렁그렁해져. 눈은 소처럼 커다래가지고. 눈물을 참으려고 눈을 껌벅이는 건 더 못 봐주겠다니까. 통일돼서 가족 만나면 참았던 눈물 다 흘릴 거란다. 에고, 그때를 대비해서 커다란 양동이 하나 준비해두려고. 뭐, 너 잡아먹을 때도 필요할 테니까.

왜 하필 망태냐고?

그야 물론, 술을 많이 마시니까. 사람들이 고주망태라고 하기에 내가 망태로 줄여버렸지. 요즘 줄임말이 대세잖냐. 참, 너희 학교 교장 선생님도 망채 선생님이지? 망채와 망태, 망자 돌림 말고도 두 분은 뭔가 통하는 게 있어. 인간적이라는 면에서. 또 누군가에게 꿈을 심어준다는 것도.

나, 오늘 너에게 고백할 게 있어. 사실은 말이야, 네가 가족 이야기를 들려달라고 했을 때 솔직히 네가 미웠어. 가족과 함께 종종 봄나들이를 가는 너에게 심술이 났거든. 그런데 너희 가족이 족제비의 습격을 받았잖아. 널 지키려고 네 엄마는 피투성이가 되었고. 그땐 얼마나 가슴이 아팠는지 몰라. 차라리 너를 미워했던 때로 돌아가고 싶었어. 늦었지만, 너를 시기하고 질투했던 거 사과할게. 그런 의미로 오늘은 네가 듣고 싶어 했던 이야기를 들려주려고. 그래, 이제는 나도 말할 수 있을 것 같아. 내가 살아온 날들에 대해서. 상처와 정면으로 대면해야 한다는 걸 깨달았거든.

막상 이야기를 하려니 어디서부터 시작해야 할지 모르겠다.

너도 알겠지만 북한에서 오면 '하나원'에서 교육을 받게 되어 있어. 거기서 나오면서 각자 진로를 선택하고. 나도 처음에는 네가 있는 '셋넷학교'에 가려고 했어. 일반 학교에 다닐 자신이 없었거든. 그런데 갑자기 모험심이 발동했어. 남한에 왔으니 남한 아이들과 어울려야 한다는. 이를 악물고 공부해서 고검을 통과했어. 그야말로 기적이 일어난 거지. 나름 야심차게 새로운 생활을 꿈꾸면서 희망에 부풀었어. 그런데 막상 학교생활이 만만치 않았어. 동급생들보다 나이는 많은데 체구는 작지, 말투만 해도 촌티가 나는 나를 아이들이 원숭이 보듯 했으니까. 급식실에서는 내 옆에 앉지도 않았어. 나는 구석 자리에서 후다닥 밥을 먹다가 체하기나 하고. 화장실 한번 가는 것도 신경이 쓰여서 하루 종일 오줌을 참았어. 그래도 학교 가는 게 싫지만은 않았어. 미나를 보는 것이 좋았거든.

미나가 누구냐고?

뭐라고 해야 하나. 그러니까 그 애는 말이야. 말이 잘 안 나오네.

나답지 않게 왜 그러냐고?

그게 말이지. 그 애는 가슴이 떨린다는 게 어떤 건지 알려준 아이야.

미나를 처음 보았을 때 북한에 있는 동생이 생각났어. 나이가 비슷했거든. 자꾸 보니까 목란을 닮았더라. 수줍음이라는 꽃말을 가진 북한의 국화. 오솔길을 걷다가 문득 마주치면 오랜 친구라도 만난 듯 반가운 꽃이지. 남한에서는 꽃이 함박 핀다고 함박꽃이라고 부르더라. 다른 아이들은 그 애의 얼굴이 넙데데하다고 넙치라고 불러. 내 눈에 콩깍지가 씌인 건가? 그거야 뭐 아무려면 어때. 아무튼 미나는 보통 아이들과는 어딘가 달랐어. 내가 혼자 밥을 먹고 있으면 옆에 와서 살짝 앉기도 하고 남모르게 숙제도 보여주고. 말은 못했지만 얼마나 고마웠는지 몰라. 얌전해 보이던 애가 동아리 발표회 때 춤을 추는데 완전히 딴 애 같았어. 애가 내가 알고 있는 그 앤가 싶을 정도로. 그때 나는 미나에게 꼼짝없이 반해버렸어. 그 애에게 잘 보이고 싶었지. 괜히 그 애 앞을 얼쩡거리게 되는 거야. 그러다 눈이라도 마주치면 피해 버리고. 얼뜨기처럼 굴지 말고 신경을 다른 데로 돌려야겠다 싶고 돈도 벌어야 해서 알바를 시작했어.

그런데 알바가 문제를 일으켰어. 다른 데보다 일당이 세기에 고깃집을 택했는데 너무 늦게 마쳤어. 새벽 2~3시가 기본이었으니까. 학교에서는 거의 시체 수준이 될 수밖에.

어느 날 국사 시간이었어. 잠결에 선생님이 내 이름을 부르는 소리를 들었어. 나는 스프링 튕기듯 벌떡 일어났어. 왜 일어났지? 방금 제 이름을 불렀잖습네까? 아나운서의 말을 흉내 내고 개그 프로를 열심히 본 보람도 없이 고향 사투리가 튀어나오는 거야. 아이들이 책상을 치며 깔깔댔어. 그런 거야 뭐 한두 번 겪는 일도 아니어서 그러려니 했어. 그런데 이건 도가 좀 지나쳤어. 선생님의 표정도 오묘하고. 그래, 불렀지. 그런데 질문의 요지는 말이다…… 선생님은 4.19 혁명이 왜 일어났는지 물었던 거더라고. 내가 졸다 깨서 엉뚱한 대답을 한 거지. 뒤늦게 상황을 파악하고 얼른 고쳐 말했어. 그거이라면, 부정선거에 대항하여 대구 고등학생의 항의 시위를 시작으루다…… 그러던 중에 마산에서 행방불명되었던 김주열 군의 참혹한 죽음에 분노한 시민들이…… 아이들이 여기저기서 우와, 하고 탄성을 질렀어. 선생님도 칭찬을 아끼지 않았고. 사실은 만화책에서 본 거였는데. 만화책을 볼 때만 해도 내 관심의 대상은 역사가 아니라 만화였어. 내가 만화를 좋아하거든. 그전까지는 죽어라 공부해도 남한 아이들을 따라가기 힘든 판에 만화책이나 보고 있는 내가 한심하다고 생각했어. 그런데 그런 일이 생기니까 만화책이 얼마나 고맙던지. 무엇보다 미나가 나를 향해 분무기처럼 미소를 쏘았어. 더 이상 좋을 수는 없었지. 야, 북한에서도 그런 걸 배우냐? 하여간 윤제 자식 그냥 넘어가는 법이 없어요. 전부터 사사건건 따라지나 꽃제비를 들먹거리면서 시비를 걸더니. 다른 때 같았으면 의기소침했을 텐데 그날은 여유가 생기더라. 자식을 향해 씨익 웃음을 날려주었지. 교실 안에 팽팽한 긴장감이 흘렀어. 그걸 감지한 선생님이 의미심장한 말을 했어. 이 고무 밴드를 봐라. 잘라도 그대로 하나지? 모양이 바뀌어도 성질은 같아. 삼각형과 사각형도 마찬가지야. 하지만 모두 하나의 선으로 만들어진 도형이라는 점에서는 같지. 역시 국사 선생님이었어.

그날 학교가 파한 뒤 아이들이 윤제 생일이라며 생일빵을 하러 가자고 했어. 무슨 꿍꿍이가 있나 해서 바쁘다고 둘러댔지. 또 알바하냐? 그 말에 머리에 쥐가 날 것 같았어. 고깃집에서 편의점으로 알바를 바꾼 게 걔네들 때문이거든. 까칠하게 굴던 윤제가 하루는 웬일로 목소리를 낮추면서 알바하냐고 물었어. 아무 생각 없이 그렇다고 했지. 그날로 그 무리가 고깃집으로 몰려와서 고기를 실컷 먹고는 돈이 없다며 배 째라로 나왔어. 몰래 술 마시는 것도 눈감아주었는데. 일주일치 품삯을 몽땅 자식들에게 날치기당한 셈이었지. 다음 날 자식들은 하나같이 덜 익은 찐빵 같은 얼굴로 학교에 왔어. 돈을 달라고 몇 번을 말했는데 콧

방귀도 안 뀌더라고.

　그런 일을 겪었는데 생일빵 같은 게 내 귀에 들어올 리가 있
겠냐고. 그래도 못 들은 척하고 조용히 지나가려고 했어. 그런데
이건 적반하장이었어. 내 말이 말 같지 않냐? 윤제가 눈썹을 치
켜세우며 말했어. 말 같지 않다면 어쩔 건데? 속으로만 중얼거렸
지. 대신 걸음에 속도를 냈어. 아니, 달렸지. 내가 달리기 하나는
둘째가라면 서러울 정도거든. 산과 들을 뛰어다니며 어린 시절을
보냈으니까. 윤제 무리를 간신히 따돌리고 공원 쪽으로 걷고 있
는데 미나가 나를 불렀어. 같이 가, 오빠! 가슴속에서 쿵 소리가
났어. 오빠, 아까 멋있더라. 나는 얼굴이 화끈거렸어. 얼떨결에
너도 그때 춤 잘 추던데, 라고 했지. 정말? 그 애와 눈이 마주치
는 순간, 내 심장 뛰는 소리가 들렸어. 그 순간 무언가 굉장한 것
이 내 몸을 관통하고 지나간 게 분명해. 미나는 댄서가 되고 싶
대. 춤은 몸으로 쓰는 시라나. 그러면서 나에게 꿈이 뭐냐고 물
었어. 만화가라고 말하고 싶은데 차마 말을 못하겠더라. 어떻게
해야 될 수 있는지 몰랐으니까. 지금부터 찾으면 돼. 미나는 사
람을 기죽지 않게 만드는 재주가 있어. 그 애와 함께 있으면 고
농도 산소를 듬뿍 마시는 기분이라니까. 우리는 아직 청춘이잖
아. 청춘! 그 말만으로도 가슴이 쿵쾅거렸어. 오빠, 이번 토요일
에 뭐할 거야? 으응, 알바. 그렇구나. 같이 영화 보러 가고 싶었
는데. 잘못 들었나 했는데 아니었어. 그런데 고작 알바나 들먹여
서 기회를 놓치고 말다니. 그 길로 내 청춘이 아스팔트 바닥으로

곤두박질치는 느낌이었지. 그래도 용기를 냈어. 다음에 꼭 가자. 오케이. 그 애와 헤어져 돌아오는데 자꾸 노래가 나왔어.

한 번 보면은 어쩐지 다시 못 볼 듯 보고 또 봐도 그 모습 또 보고 싶네. 어젯밤에 내 생각을 했다고 생긋이 웃을 때 이 가슴엔 불이 인다오 이 일을 어찌하랴. 휘휘휘 호호호 휘휘 호호호……

며칠째 오던 비가 뚝 그친 일요일이었어. 알바 시간까지는 여유가 있어서 집을 나와 무작정 걸었어. 대로변을 지나 주택가를 벗어났어. 어쩌다 보니 성곽 근처까지 가게 되었지. 허름한 집들이 있는 동네가 나왔어. 그야말로 영화의 한 장면처럼. 국사 선생님이 해준 이야기가 떠올랐어. 6.25전쟁 직후에는 피난민들이 모여 살았는데 지금은 노인들과 외지에서 흘러들어온 노동자들이 주로 산다고. 문화재보호법에 따라 성곽 500미터 이내는 재개발이 안 됐다나 봐. 형편이 나아지면 너도나도 도심지로 들어가는 바람에 동네는 점점 낙후되고, 소외된 주민만 남게 된 거지.

나는 알 수 없는 힘에 이끌려 골목으로 들어섰어. 이상한 것은 처음 가본 곳인데도 낯설지 않았다는 거야. 벽의 그림 때문이라는 걸 곧 깨달았지. 아기를 업은 여자와 수레를 끄는 남자, 지게를 진 할아버지와 밭을 매는 할머니, 잠자리를 잡고 썰매를 타는 아이들을 담은 그림들. 그림 속에서 염소가 낮잠을 자고 멧돼지가 옥수수밭 사이를 어슬렁거렸어. 들꽃 사이에서 아기 다람쥐가 얼굴을 내밀고 늙은 고양이가 담장을 넘고…… 걸음을 옮길 때마다 골목에는 새 움이 트고 감자꽃이 피어났지. 논개구리 우는 길을 지나 수양버들 춤추는 강변에 서면 어느새 노을이 아스라하고. 은행잎이 뒹구는 길을 돌아서면 눈이 폭폭 내리는 산길로 이어졌어. 눈밭에서 토끼와 당나귀가 숨바꼭질하고…… 거기에 넋이 팔려서 알바 시간에도 아슬아슬하게 맞춰 갔어.

편의점에 도착해서 교대를 하자마자 작업복을 입은 할아버지가 들어왔어. 작업복이 온통 페인트로 얼룩덜룩했어. 할아버지가 냉장고 앞으로 가더니 막걸리를 꺼내왔어. 계산을 하고는 진열대 뒤쪽으로 가기에 안줏거리를 찾나 보다 했지. 그런데 막걸리를 병째 들고 마셨어. 감시 카메라가 있는데 말이야. 여기서 술 마시면 안 됩네다. 밖으로 나가서 드시라요. 할아버지가 나를 쳐다봤어. 무슨 말을 하려다가 마는 표정이었지. 무례하게 굴었다 싶어 얼굴이 화끈거렸어. 할아버지의 얼굴은 거무스름하고 눈이 움푹했어. 우리 아버지처럼. 할아버지는 얼굴이 불콰해져서 문을 나섰어. 나는 유리문 앞에서 할아버지의 뒷모습을 지켜보았어. 옛날 일들이 떠올랐거든.

엄마가 돌아가신 건 내가 열두 살 때였어. 아픈 동생을 돌보느라 정작 당신 몸은 돌보지 않았던 거지. 미술 선생님이었던 아버지는 그 뒤로 그림을 그리지 않았어. 그러던 어느 날 뜬금없이 중국으로 가자고 했어. 나는 너무 놀라서 대답을 하지 못했어. 그래도 아버지의 눈빛을 거역해서는 안 될 것 같았어. 알았다고 했지. 하지만 동생을 고모 댁에 맡기고 간다고 했을 때는 싫다고 했어. 은희래 꼭 데려오갔오. 중국에 가서 돈을 벌어야 은희의 병도 고칠 수 있오. 그 말에 나는 마음을 돌렸어. 동생은 북한에서는 치료하기 어려운 병을 앓고 있었거든. 그때 내 나이 열다섯 살이었어.

그날 밤, 아버지와 나는 고모가 싸준 주먹밥을 가방에 넣고 집을 나섰어. 11월의 강은 꽁꽁 얼어붙은 데다 칼날을 품은 바람이 몰아쳤어. 같은 강이라도 썰매를 타던 강은 아니었어. 강에서는 끊임없이 괴이한 소리가 났어. 어느 지점부터 헤엄을 쳐야 했지. 잠시라도 한눈을 팔면 강물이 우리를 삼켜버릴 것 같았어. 얼마나 시간이 흘렀을까. 강 건너 목적지에 도착했다는 걸 알 수 있었어. 아버지가 누군가와 중국말을 주고받았거든. 우리는 발소리도 숨소리도 죽이며 그 사람을 따라갔어. 주변이 너무 컴컴해서 앞이 보이지 않았어. 왜 하필 달도 없는 밤인가, 나는 생각했어. 일부러 달 없는 밤을 택했다는 걸 알았으면서. 어느 순간부터 몸이 부들부들 떨렸어. 손가락은 얼어서 감각도 없고. 한참이 지나서 우리만 남고 그 사람은 사라졌어.

그렇게 우리는 중국에서 살게 된 거야. 국적을 가질 수 없어서 숨어 다녀야 했지. 그런 상황에서도 아버지는 열심히 일했어. 가끔 스케치도 하고. 그림은 전보다 훨씬 과감하고 강렬했어. 나는 이제나저제나 동생을 데려올 날만 기다렸어. 하지만 2년이 지나도록 아버지는 아직은 아니라고만 했어. 국적이 없으면 동생의 병을 고칠 수 없었던 거야. 남한으로 가야 한다고 했어. 나는 그제야 비로소 알았어. 아버지는 처음부터 중국이 아닌, 남한으로 가려고 했다는 걸. 그때까지도 나는 남한으로 간다는 게 실감 나지 않았어. 그것이 얼마나 위험한 일인지, 얼마나 많은 절차가 필요한지도 몰랐어. 동생의 병을 고치기 위해서 무조건 가야 하는 곳이라고 생각했을 뿐. 은희 오면 우리 밀낭화 만들어 먹자. 만약에, 만약에 말이디 내가 안 오면 말이디, 남한으로 가라오. 그래야 다시 만날 수 있오…… 어느 날 아침 아버지가 집을 나서면서 말했어.

밀낭화가 뭐냐고?

남한의 칼국수와 비슷한 거야. 엄마표 국수. 나는 날마다 밀가루 반죽을 했어. 그래야 아버지와 동생이 무사히 돌아올 거라고 믿으면서. 하지만 거기에 곰팡이가 필 때까지 아버지는 돌아오지 않았어. 아버지가 중국 공안에게 걸려 북송되었다는 말을 전해 들었을 때는 눈앞이 캄캄했어. 아버지가 어떻게 될지는 불 보듯 뻔했으니까. 솔직히 나는 다시 북한으로 가고 싶었어. 가서 죽더라도 말이야. 하지만 아버지 말이 자꾸 생각났어. 그래야 다시 만날 수 있다고 한 말.

일요일이 되자 발이 저절로 벽화 골목으로 향했어. 조금 가다 보니 어디가 어딘지 헷갈렸어. 내가 길눈이 좀 어둡거든. 이 골목 저 골목을 헤매고 돌아다니다 어느 골목 끝에 다다랐지. 초록

색 대문이 눈길을 사로잡았어. 마침 문이 열려 있었어. 나는 살금살금 집 안으로 들어갔어. 좁다란 마당에 맨드라미와 백일홍, 모란, 작약, 접시꽃을 비롯해서 이름을 알 수 없는 꽃과 풀들이 무성했어. 깨진 기왓장이며 이가 나간 항아리까지 모두 울긋불긋 색이 입혀져 있고. 거미줄 위의 거미와 벌레들은 그네를 타고. 그네를 타는 벌레는 이미 벌레가 아니라 그 자체로 아름다운 풍경이었어. 창호지를 바른 문과 맷돌, 옛날 가구들로 인해 오래전 어느 시절로 돌아간 느낌이 들었지. 그때 안에서 무슨 소리가 났어. 남의 집에 허락도 없이 들어가는 게 켕겼지만 안에 무엇이 있는지 궁금해서 그냥 돌아설 수가 없었어. 슬며시 문을 열었지. 비키니 옷장과 소소한 가재도구, 갖가지 색상의 페인트 통들이 눈에 들어왔어. 벽에 걸린 액자 속에 아이 업은 여자 사진도 보이고. 갑자기 콧잔등이 시큰했어. 엄마 생각이 나서. 고향에도 가고 싶고.

나는 곧장 마당으로 나왔어. 애먼 페트병과 깡통을 걷어찼지. 걸리적거리는 건 모조리. 그 길로 대문 밖으로 뛰쳐나와 마냥 달렸어.

한참을 달리다 낮은 담장 앞에서 멈췄어. 누군가가 그림을 그리고 있었는데 뒷모습이 낯익었어. 그 순간 가슴이 뛰었어. 이미 짐작했으면서도 말이야. 편의점에 올 때마다 옷에 묻어 있던 페인트! 할아버지와 눈이 마주쳤어. 나는 아무 말도 하지 못했는데 할아버지가 먼저 웃어주었어. 순간 그전까지의 울분이 눈 녹듯

녹는 거야. 이게 누군지 알간? 오마니. 우리 오마니야. 할아버지도 북한에서 왔다는 걸 그때 알았어. 엄마 등에 업힌 채 잠든 아기가 할아버지라니. 할아버지도 아기였던 적이 있다는 게 신기했어. 당연한 건데 말이야. 할아버지가 나에게 붓을 건네주었어. 한번 그려보라고 할아버지의 눈이 말했지.

그렇게 그림이, 벽화가 나에게 온 거야.

할아버지가 골목에 그림을 그리기 시작한 것은 올봄부터였어. 이 지역을 재개발할 거라는 소문이 돌기 시작했을 때부터. 할아버지는 골목이 사라지기 전에 이야기를 남기고 싶더래. 물론 할아버지의 소원을 담아서. 통일! 처음에는 모두 허물어질 담에 그림을 그리는 건 미친 짓이라고 손가락질을 했다나 봐. 하지만 나날이 변화하는 골목을 보면서 마음이 달라졌지. 하나둘 그림 앞에 멈춰 서서 추억에 잠기게 된 거야. 할아버지는 신명이 났지. 그 옛날 여배우를 그렸을 때만큼. 그때와는 다른 느낌이었지만 정도는 더했대.

일요일이면 나는 으레 골목으로 갔어. 할아버지와 함께 그림을 그렸지. 비가 와서 작업을 할 수 없는 날엔 미나를 데려가고. 이런 걸 그린 사람은 마음이 따뜻한 사람이겠지? 정말 그럴까? 그림을 보면 알 수 있어. 미나의 말에 으쓱했어. 하지만 내가 그렸다는 말은 하지 않았어. 쑥스럽기도 했고 좀더 잘 그린 뒤에 말하려고. 어쨌거나 미나로 인해 그 골목은 나에게 더욱 특별한 곳이 되었어. 첫 데이트 장소란 그런 거야.

비 때문에 한 주를 건너뛰었더니 일주일이 길게 느껴졌어. 그림을 그리고 싶어 안달이 날 지경이었지. 그날은 알바도 오후 시간대라 아침부터 그림을 그릴 작정이었어. 그 어느 때보다 서둘러 집을 나섰지. 골목에 도착했는데 분위기가 이상했어. 아니나 다를까, 누군가가 페인트 통을 걷어차면서 할아버지에게 고함을 쳤어. 이건 엄연한 범법 행위라고요. 범죄! 나는 가슴이 덜컹했어. 할아버지는 그저 날 잡아 잡수, 하는 표정이었어. 더 보고 있을 수가 없었어. 무슨 일입네까? 넌 뭐야? 할아버지가 나를 향해 웃으며 한쪽 눈을 감아 보였어. 아무 일도 아니라는 듯. 그 상황에 웃음이 나오다니, 정말 못 말린다니까. 하여튼 할아버지가 그 사람 차에 실려 갔어. 나는 멍하니 차의 꽁무니를 바라보고 서 있었어. 아무것도 할 수 없다는 게 속상했지만 어쩔 수 없었어. 골목에서 얼마간 더 서성거리다 집으로 돌아왔어. 그저 가만히 앉아 시간만 흘려보내고는 알바를 하러 갔지. 거기서도 일이 손에 잡히지 않았어. 손님들이 뭘 찾아달라고 해도 멍하니 있고. 그러다 야단도 맞고 실수로 병도 깨고.

알바를 마치자마자 곧장 할아버지 집으로 갔어. 다행히 할아버지가 돌아와 잠들어 있었어. 길 잃은 고라니 울음소리를 내면서. 더 이상 바랄 게 없었어. 옆에 앉아서 할아버지가 일어나기만 기다렸지. 그러다 나도 깜박 잠이 들었나 봐. 깨어나 보니 할아버지가 밀낭화를 만들어놓은 거야. 어찌나 맛있던지 한입에 꿀꺽했지 뭐야.

그림을 못 그리게 됐오. 왜요? 그러니까니 일이 어더렇게 됐냐면 말이디……

할아버지는 얼마 전까지 용역업체에서 소개받은 페인트 공장에서 일했어. 숙직 전담원으로 말이야. 거기서 페인트를 훔치다 들킨 거지. 그림에 대한 마음이 앞선 나머지 나쁜 행동이라는 걸 알면서도 자꾸 손이 가더래. 어쨌거나 할아버지는 더 이상 회사에도 나갈 수 없게 되었어. 당장 먹고살 걱정을 해야 하는데 벽화를 못 그리게 된 것만 속상해했어.

그 일이 있은 뒤 할아버지는 편의점에 더 자주 들렀어. 막걸리를 마셨지. 그것도 매장 안에서. 나는 파라솔에서 마시라고 하고 할아버지는 금방 마시고 갈 거니까 봐주라며 고집을 피우고. 그렇게 둘이 만날 티격태격했어. 가끔 유통기한이 지난 삼각 김밥을 나누어 먹기도 하면서.

그날은 파라솔에서 대낮부터 술을 마시는 사람들이 있었어. 나는 할아버지에게 종이컵을 주면서 탁자 밑에서 따라 마시라고 했지. 문제는 그다음이었어. 밖에서 술을 마시던 사람들이 계속 심부름을 시키는 거야. 야, 술 한 병 더 갖고 와. 번데기도 가져오고. 야, 새우깡이랑 어묵…… 컵라면에 물을 부어 오라고도 하고. 심부름을 시키는 것도 그렇지만 말투가 거슬렸어. 매장 안에서 술을 마시는 할아버지도 신경 쓰이고. 안 되겠다 싶어 한마디 했지. 여긴 술집이 아닙네다. 드실라면 직접 갖다 드시라요. 그랬더니 한 사람이 버럭 소리를 질렀어. 야, 너 지금 뭐라 그랬

냐? 직접 갖다 드시라고요. 아까처럼 해봐, 인마. 너 북한에서
왔지? 맞지? 생긴 거 보니까 북한에서 온 놈 맞네. 너 같은 놈들
정착금 주느라고 뼈 빠지게 번 내 돈이 세금으로 얼마나 나가는
지 알아? 일자리도 없어지고…… 취한 사람들을 상대해봤자 좋
을 게 없지 싶어서 잠자코 있었어. 그랬더니 건방지다며 한 사
람이 내 멱살을 잡는 거야. 왜 이러십네까? 이거 놓으시라요. 그
말을 하는 순간 바로 주먹이 날아왔어. 코피가 터졌는데 숨 돌릴
틈도 없이 옆구리에 구둣발이 들어오고. 달려나온 할아버지가 말
리는데, 그들이 할아버지를 밀쳤어. 할아버지는 그대로 넘어졌
지. 괜찮습네까? 막걸리 한잔이면 싹 낫는다며 할아버지가 웃었
어. 하지만 끝내 일어나지 못하고 병원으로 실려 갔어.

다음 날 나는 네가 있는 학교로 위탁교육을 받으러 가게 되었
어. 일정이 잡혀 있어서 안 갈 수도 없고 애가 탔지. 하지만 그곳
생활에 곧 익숙해져서 할아버지 생각을 거의 하지 못했어. 할아
버지는 퇴원해서도 줄곧 막걸리만 마셨나 봐. 미나가 할아버지에
게 다녀와서 소식을 전해주었어. 할아버지가 나를 보고 싶어 한
다는 것도. 한번은 영상 통화를 걸어 바꿔주었어. 은우 네가 옆
에 있으면 힘이 날 것 같오. 목소리는 잠긴 데다 눈에 눈물이 그
렁그렁해가지고. 눈에 뭐가 들어갔다면서 눈을 깜박거렸어. 통일
될 때까지 눈물을 참는다고 하더니. 그 모습을 보니 여기로 돌아
오지 않을 수가 없었어. 할아버지에게 가족이 필요하다는 걸 알
았으니까. 물론 나도 가족이 간절했지.

요즘 우리는 그 어느 때보다 바쁜 나날을 보내고 있어. 돌아오는 칠월 칠석날까지 완성해야 할 게 있거든.

뭔지 궁금하다고?

바로 지상에서 하늘로 이어지는 다리야. 남과 북을 이어주는 다리지. 은하수 말이야. 담의 이끼를 제거하는 데만 꼬박 이틀이 걸렸어. 도안을 짜는 데는 사흘이나 걸렸고. 내가 밑그림을 그리고 색칠은 우리 반 아이들이 도와주고 있어. 밑그림을 그릴 때는 틀릴까 봐 긴장돼. 하지만 어울리는 색을 만들기 위해 색을 섞는 기분은 그 무엇과도 비교할 수가 없어. 새로운 색이 나올 때마다 세상도 새롭게 변하는 것 같아. 할아버지는 내 맘대로 색을 칠하라고 해. 내가 그림을 살짝 망쳐놓아도 허허 웃기만 하고. 내가 없는 틈을 타서 감쪽같이 고쳐놓지. 할아버지 손이야말로 마법사의 손이야. 아니, 베를 짜는 직녀의 손!

땡볕 아래서 작업하다 보니 우리는 새까맣게 탔어. 며칠 전에는 까마귀가 친구 하자며 떼를 지어 몰려오더라니까. 오작교! 어젯밤에는 옷과 머리카락에 묻은 페인트를 지우느라 할아버지와 함께 전쟁을 치렀어. 그래도 우리는 자꾸 웃어. 웃음이 저절로 나온다고 해야 하나? 그림에 흠뻑 빠져 있으니까. 그래, 벽화는 나에게 꿈을 심어주었어.

페인트 사건은 어떻게 해결됐냐고?

자식, 기억력도 좋네. 안 그래도 입이 근질근질하던 참이었는데.

할아버지가 퇴원해서 집에 왔더니 마당에 페인트가 쌓여 있더래. 다음 날 회사 과장이 찾아와서 회사에도 다시 나오라고 하고. 좋은 일을 하시는데 회사에서 보고만 있을 수가 있어야죠, 하면서 말이야. 할아버지는 어리둥절했지. 알고 보니, 할아버지가 병원에 입원해 있을 때 벽화가 입소문을 탄 거야. 지방 신문 기자가 수소문해서 회사로 찾아간 거지. 이런 사람이 있는데 당신네 회사 사람이냐, 신문에 내려고 한다, 뭐 그런 식으로 말했나 봐. 기자가 집으로 왔을 때 할아버지는 기회다 싶어 머리를 굴렸어. 기자에게 회사에서 페인트를 제공했다고 말했지. 그 덕에 휴가도 얻고 포상금에 페인트까지 무한 리필 받게 됐다니까. 그야말로 일대 반전이 일어난 거지. 그 돈으로 오늘 할아버지와 나는 족발 파티를 했어. 헤헤!

야식 넘버원으로 불리는 족발 맛이 얼마나 좋은지 모를 거다. 내가 할아버지한테 물어봤어. 토종닭이 맛있어요? 족발이 맛있어요? 할아버지가 뭐랬는지 아냐? 그거야 물론 토종닭이지. 네 몸값이 이 정도야.

일주일 후면 오작교가 완성돼. 구청에서 보조를 해준대서 음악회도 열 거야. 행운이 넝쿨째 굴러들어온 셈이지. 날씨가 좋으면 견우별과 직녀별도 볼 수 있을 거래. 우리 학교 밴드 동아리와 댄스 동아리의 협찬! 윤제 자식, 목소리 하나 좋은 거 믿고 시 낭송을 하겠대서 내가 선심 한번 썼다. 국어 시간에 배운 「직녀에게」.

이별이 너무 길다

슬픔이 너무 길다

선 채로 기다리기엔 은하수가 너무 길다

[……]

이별은 이별은 끝나야 한다

말라붙은 은하수 눈물로 녹이고

가슴과 가슴을 노둣돌 놓아

슬픔은 슬픔은 끝나야 한다, 연인아.

내가 학교로 돌아오던 날 윤제 무리가 나를 보더니 또 시비를 걸었어. 끼리끼리 놀지 왜 다시 왔냐면서. 그땐 나도 참지 않았어. 너, 내 주먹 맛 좀 보았오? 헐! 이게 아주 겁대가릴 상실했네. 내친김에 더 가보자 싶었어. 너희들을 때려눕히고 싶은 적이 많았지만 참았오. 왜 그랬는지 아네? 싸우기 싫어서야. 싸워서 좋을 게 뭐간? 눈에 힘을 주며 말했더니 윤제가 약간 겁을 먹은 것 같더라. 이제 너희들이 나를 어떻게 대하든 상관 안 갔오. 나도 너희들이랑 한 민족이란 것만 알아두라오. 한번 말이 터지니까 논둑이 터진 것 같았어. 나중에는 내가 말을 하는 것이 아니라 말이 말을 하더라니까. 그날 이후 윤제 자식 달라지더니 이제는 나를 형이라고 불러. 흡흡! 이래서 세상은 살 만한 곳이지.

중요한 것은 그날도 미나가 나를 따라왔다는 거야. 오빠, 정말 멋있더라. 그러면서 내가 이곳으로 돌아와줘서 고맙다고 했어. 돌아와서 기쁘다, 도 아니고 돌아와줘서 고맙다니. 그런데 그사이 미나에게도 고민이 생겼더라고. 부모님이 댄서가 되는 걸 반대하나 봐. 미나는 누가 뭐래도 자기의 길을 갈 거래. 나도 만화가가 될 거라고 당당하게 말했지. 미나와 손바닥을 마주쳤는데 그 순간 온몸에 전기가 흘렀어. 감전 직전에 미나에게서 멀찌감치 물러섰어. 그런데 미나가 자꾸 내 앞으로 다가서는 거야. 오빠, 머리에 송충이 있어. 나는 놀라서 머리를 마구 흔들었어. 짓궂게 깔깔거리던 미나가 갑자기 내 이마에 키스! 그 순간, 숨이 멎는 줄 알았어. 아직도 그 생각을 하면 온몸이 짜릿짜릿해. 벽화가 완성되면 단둘이 영화를 보기로 했어. 드디어 내 청춘이 공중으로 질주할 때가 온 거지. 음하하!

뭐? 샘나니까 그만하라고?

알았어, 알았다고. 그러나저러나 할아버지는 그새 곯아떨어졌네. 한잔만 더, 한잔만 더, 하더니 결국 한 통을 다 마셨어. 누가 망태 아니랄까 봐. 그런데 말이야, 잠든 할아버지의 얼굴을 보다가 문득, 훗날 나도 할아버지처럼 늙으면 좋겠다는 생각이 들었어. 할아버지가 내 가족이어서 얼마나 다행인지 몰라.

허걱! 저 소리 들리냐?

'통일이 오면 저를 잡아드세요.'

또 할아버지의 잠꼬대 시작이다. 이러면 오늘 밤 잠은 다 잔

건데. 그래서 말인데, 꼬끼오! 너, 내일 아침에 울 거 당겨서 지
금 좀 울어주면 안 되겠냐?

침묵

기차는 지친 말처럼 헉헉 투레질하며 종착역을 향해 가고 있습니다. 조금 전부터 빠른 속도로 밀려온 먹구름이 하늘과 땅의 경계마저 희미하게 만들었습니다. 지독한 피로감에도 불구하고 잠은 오지 않고, 시간의 흐름마저 무감각합니다.

일주일 전이었습니다. 낯선 휴대전화 번호 속에서 그의 이름이 흘러나왔습니다. 살아 있기만 하면 언젠가는 만날 거라 믿었던, 그 바람만으로도 심장이 파닥거렸던 사람. 지난 2년 동안 한시도 잊은 적이 없었는데, 막상 그의 소식을 듣고는 망연했습니다. 몇날 밤을 지새우며 마음을 다잡아 여기까지 왔건만, 그를 만날 수 있을지 확신이 서지 않습니다.

드디어 기차가 숨을 길게 내쉬며 멈춰 섭니다. 사람들은 하나둘 바쁜 걸음으로 플랫폼을 빠져나갑니다. 금세 휑해진 이곳에서 저는 한 발짝도 내딛지 못한 채 서 있습니다. 여기를 벗어나면 왠지 길을 잃어버릴 것만 같아서요.

언젠가 거리에서 방향을 잃어 아뜩했던 적이 있습니다. 두리번거리다 술에 취해 비틀거리는 선생님을 보았습니다. 원피스에 하이힐 차림으로 한 손에 담배를 든 선생님의 눈은 무엇엔가 홀려 있었지요. 결국 몇 걸음 떼지 못하고 넘어지더군요. 학교에서 보아온 단아한 이미지는 찾아볼 수 없었습니다. 어디엔가 장애를 갖고 있는 사람, 저는 선생님이 저와 같은 부류라는 걸 알았습니다. 그때부터 선생님은 저의 유일한 숨구멍이었습니다. 만일 그날 선생님을 보지 않았다면 이 이야기를 꺼낼 용기도 내지 못했겠지요.

고등학교 입학을 앞둔 겨울방학이었습니다. 며칠째 지루하게 이어지던 폭설이 그치고 말끔하게 갠 날. 하늘이 어찌나 투명하던지 손만 대도 쨍 소리가 날 것 같았습니다. 이사 온 뒤 등록한 보습학원에 처음 갔습니다. 저런 앨 받으면 학원 이미지 급추락하는 거 모르나? 이 학원도 이제 문 닫을 때가 된 거지 뭐. 우리도 여기 끊고 딴 데 알아보자. 샤프심을 꾹꾹 눌러 부러뜨리다 말고 저는 벌떡 일어났습니다. 으, 씨발 개 같은 것들! 허공을 쩍 가르는, 제 귀에도 그것은 칼 맞은 짐승의 울부짖는 소리에 다름 아니었습니다. 헐! 쟤 왜 저러냐? 애자 주제에 존나 빡쳐. 키득거리는 아이들을 향해 저는 책상을 밀어 넘어뜨렸습니다. 늘

겪는 일인데도 그날따라 저는 더 예민했습니다. 그럴 때면 으레 겪는 신경성 발작까지 가지 않은 게 다행이었지요.

그 길로 저는 학원을 뛰쳐나왔습니다. 거리에는 칼바람이 몰아쳤습니다. 저는 몇 번인가 발을 헛디뎌 넘어질 뻔했습니다. 제가 사는 주상복합아파트에 다다랐을 때는 얼굴이 찢어질 듯 따갑고, 손발은 꼼지락거릴 수도 없을 만큼 꽁꽁 얼어 있었습니다.

아파트 입구로 들어서자 난방기의 열기가 훅 끼쳤습니다. 금세 몸이 나른해졌습니다. 엘리베이터 옆에는 경비원 감원에 따른 입주민 서명, 이라는 쪽지가 붙어 있더군요. 이사 오고 얼마 지나지 않아 후회하던 부모님의 말씀이 떠올랐습니다. 부근에 곧 전철역이 생길 거라는 분양 당시의 홍보와는 달리 지하철 개통은 요원하고 공급과잉으로 인해 아파트 시세가 크게 하락했다고요.

야트막한 산 아랫동네에서 번화가의 주상복합아파트로 급히 이사를 오게 된 것은 저 때문이었습니다. 인적이 드문 밤길의 위험으로부터 저를 보호하기 위해서요. 아침마다 약수를 받으려는 사람들로 북적이는 야산에 밤이면 불량배들이 들끓는다는 소문이 돌았습니다. 막상 끔찍한 사건이 일어나도 쉬쉬하는 것이 불문율처럼 되어 있었고요.

저는 그 동네는 무서웠고 이 동네는 도통 마음이 가지 않았습니다. 사방에 위협적으로 늘어선 건물들과 무서운 속도로 달리는 자동차들…… 눈살이 절로 찌푸려졌습니다. 소음만 해도 견디기 어려웠습니다. 꽃과 나무가 어우러져 뿜어내는 향기나 산그늘을 타고 내려오는 쌉싸래한 기운, 눈 덮인 지붕의 고즈넉한 풍경은 상상 속에서나 가능했습니다. 집 안의 크고 넓은 유리창도 마뜩치 않았습니다. 거대한 도시의 위력에 발가벗겨지는 느낌이었으니까요. 우리 다른 데로 이사 가면 안 돼? 누구 때문에 이사 왔는지 몰라서 그래? 엄마는 대놓고 핏대를 세웠습니다. 전에 살던 동네는 사람 냄새가 났던 게 사실입니다. 하지만 저 때문에 떠났으니 할 말이 없을 밖에요. 그즈음 경기 침체와 아버지의 사업 부진이 맞물려 부모님은 걸핏하면 얼굴을 붉히며 큰소리를 냈습니다. 동생들은 학원에서 한밤중에나 돌아왔고요. 그날따라 집에 들어가기가 싫었습니다. 텅 빈 집의 적요는 생각만 해도 진저리가 쳐졌습니다.

출입구에서 쭈뼛거리고 있는데 경비원이 말을 걸어왔습니다. 많이 춥지? 자주 마주치기는 했어도 말을 걸어오기는 처음이었습니다. 같은 제복을 입었어도 다른 경비원들과는 사뭇 다른, 훤칠하고 건장한 청년이었습니다. 그래서 절로 눈길이 머물곤 했습니다. 그도 다른 사람들과는 걸음걸이부터 다른 저를 유심히 보아왔을까요. 그렇습니다. 저는 조금만 움직여도 팔다리가 꼬이고 얼굴이 비틀립니다. 이런 저를 두고 사람들은 배냇병신이라고 합니다. 차라리 눈이 멀거나 귀가 먹었더라면 좋았을 텐데요. 아니, 아무것도 생각할 수 없고 느낄 수도 없다면 얼마나 좋았을까요. 몸은 병신인데 의식은 멀쩡할 게 뭐냔 말입니다. 아니, 보통 사람보다 감각은 더 예민하기까지 하다니요. 얼굴이 사과 같네.

얼굴이 예쁘다는 것인지 빨갛다는 것인지 알 수 없었습니다. 저는 그를 빤히 쳐다보았습니다. 놀린다는 생각은 들지 않았지만, 그렇다고 기분이 좋은 것도 아니었습니다. 제 눈빛이 사나웠던지 그의 표정에 당황하는 빛이 역력했습니다. 하지만 그 눈에 동정도 멸시도 실려 있지 않았습니다. 나, 지금 교대하는데 밥 사줄까? 뜬금없이 밥이라니요. 맛있는 거 먹으러 가자. 뜨악하게 그를 쳐다보는 저를 향해 그가 웃음을 지었습니다. 저는 시선을 어디다 둘지 몰라 허둥댔습니다. 엘리베이터를 타고도 우물쭈물하며 숫자 버튼을 누르지 못했습니다. 어차피 집에 들어가기 싫었는데 잘된 거 아냐? 제 안의 제가 물었습니다. 너 같은 병신을 데려다 써먹을 데도 없을 건데. 게다가 그는 경비원이었습니다. 경비원이란 입주민의 안위를 위해 존재하는 사람입니다. 저는 얼른 문 열림 버튼을 눌렀습니다.

그새 그는 자리를 떠나고 없었습니다. 저는 건물 밖으로 뛰어나갔습니다. 대형마트 쪽으로 걸어가고 있는 그가 보였습니다. 저는 쩔뚝거리며 달리다시피 했습니다. 신호등 앞에 서 있던 그와 마주쳤습니다. 저, 저녁 사준댔잖아요.

집에서 그리 멀지 않은 패밀리 레스토랑, 그렇게 근사한 음식점은 처음이었습니다. 사람들이 그와 저를 번갈아 힐끗거렸습니다. 저는 그런 눈길에 익숙했지만 저와 동행이라는 이유로 그까지 그러는 것이 못내 불편했습니다. 그는 그런 시선을 의식하지 않았습니다. 적어도 제 눈에는 그렇게 비쳤습니다.

그는 접시에 음식을 담아 날라주고 고기도 잘라주었습니다. 저는 얼떨떨해서 멀뚱히 앉아 있었습니다. 그가 저에게 고기 한 점을 건넸습니다. 팔 떨어진다,고 농담을 하면서요. 망설이다 입을 벌렸습니다. 그런데 고기가 제 입언저리에서 미끄러져 내렸습니다. 입에 넣어주는 고기 하나 받아먹지 못하는 제가 밉고 부끄러웠습니다. 그는 저에게 냅킨을 건네주고 탁자를 닦았습니다. 저는 민망해서 안절부절못했습니다. 심지어 가족과 하는 식사 때도 주눅이 들었으니까요.

빨리 좀 먹지 못해? 그렇게 먹다가 학교는 언제 갈 거야? 질질 흘리지 좀 말라니까. 누가 먼저랄 것도 없이 탁, 소리가 나게 수저를 내려놓았습니다. 누군가가 쏟아내는 분노나 짜증을 고스란히 받아내는 오물통 같은 존재, 그게 바로 저였습니다. 입장을 바꿔 생각하면 이해 못할 것도 아니었습니다. 나라도 그랬을 거야. 스스로를 달래면서 저는 꾸역꾸역 음식을 입에 밀어 넣었습니다. 가족이란 너무 가까이 닿아 있어서 서로에게 아픈 존재일 수밖에 없는지 모릅니다.

그날 저녁 저는 공주의 밥상을 받은 것이나 다름없었습니다. 그런데도 저는 그를 향해 쏘아붙였습니다. 집어주는 고기 하나 제대로 못 받아먹는 병신 보니까 재밌냐? 재밌냐고, 씨발! 그런 말이 어딨어? 넌 보통 사람들하고 다를 뿐이야. 다른 게 잘못은 아니잖아. 천천히 먹어. 천천히,라는 말이 그렇게 아름다운 말인 줄 미처 몰랐습니다. 그 말이 가슴을 녹여주었지만 저는 다시 불안했습니다. 무슨 꿍꿍이가 있는 것일까. 처음부터 경계하지 않은 것이 잘못이다. 존나 재수 없어. 이딴 거 사준다고 누가 고마워할 줄 알아? 병신이라고 만만하게 봤다가는 가만 안 놔둘 거야. 벼린 송곳을 품은 저의 눈을 그가 물끄러미 쳐다보았습니다. 난 네가 나랑 밥 먹어줘서 고마운데. 제 의심들을 무색하게 만드는 말이었습니다. 제 마음은 다시 흔들리기 시작했습니다. 나한테 왜 이러는데? 목적이 뭐야? 그 말은 입안에서만 맴돌 뿐이었습니다.

부탁이 있는데 들어줄래? 뭔데? 들어줄 거야? 들어보고. 나랑 놀이공원에 가자. 저는 가슴이 벌렁거렸습니다. 한 번도 못 가봤어. 그런 사람이 있다는 게 의아했습니다. 하물며 저 같은 아이도 가보았는데요. 물론, 한 번 가본 뒤로는 다시 가고 싶지 않은 곳이었지만요. 혼자서는 놀이기구 하나 타지 못하는 저에게 그곳은 어렸을 때 종종 숨곤 했던 벽장이나 헛간보다 못한 곳이었습니다. 어쨌거나 그건 저의 경우이고, 사지 육신이 멀쩡한 그는 왜 그 나이가 되도록 거길 가보지 못했을까요. 어렸을 땐 집이 가난해서 그런 델 갈 꿈도 못 꿨어. 어른이 되고 나서는 같이 가고 싶은 사람이 없었다고요. 근데 왜 하필 나랑 가? 같이 가고 싶으니까. 아저씨는 여친도 없어? 여친? 그가 말없이 웃었습니다. 그 웃음에 어떤 의미가 담겨 있는지 저는 묻지 못했습니다. 그의 입에서 나올 말이 두려웠을까요. 네가 여친이잖아. 그가 그렇게 말해주는 걸 상상하며 위안하는 편이 나았습니다. 같이 가자, 응? 그의 눈빛이 얼마나 간곡하던지 차마 거절할 수가 없었습니다. 애인처럼 잘 모실 거야? 애인? 아님 말고. 알았어, 알았어. 활짝 웃는 그를 향해 저는 입을 삐죽거렸습니다. 그러는 동안에도 가슴은 비눗방울처럼 부풀어 올랐습니다.

　일요일 아침, 저는 아침도 먹지 않고 집을 빠져나왔습니다. 카키색 야상 점퍼에 빨간색 목도리를 두르고요. 사놓고 한 번도 입지 않은 눈꽃 무늬 레깅스도 신었지요. 머리칼은 고대기로 펴서 끝을 바깥으로 쭉 밀어냈습니다. 일명 자갈치 머리. 거기에 나비 핀을 꽂았습니다. 그는 저를 보자마자 귀엽다며 제 머리를 툭 건드렸습니다. 머리칼이 화르르 화르르 환호하며 일어났습니다. 아무리 빨리 달리는 청룡열차도, 하늘 높이 올라갔다가 순식간에 뚝 떨어지는 통나무배도, 기다란 빨판을 자랑하며 뱅뱅 도는 문어다리도, 공중에서 달랑거리는 허니문카도 그가 곁에 있는 한 무섭지 않았습니다. 차라리 그것들이 공중 어디쯤에서 멈추기를 바랐습니다. 그와 함께 영원히 지상으로 내려오지 않기를 말입니다. 행복에 겨워 허벅지를 꼬집고 혀를 깨물어도 보았습니다. 너한테서 사과꽃 향기가 나. 이건 또 뭔가? 저도 알 수 없는, 야릇한 존재감이 온몸을 휘감아왔습니다. 그의 고향에 사과나무 과수원이 있었다더군요. 동생과 거기서 자주 숨바꼭질을 하며 놀았다고요. 근데 사과꽃 말이야, 천 년에 한 번씩만 사람한테 핀대. 그 말을 듣는 순간, 세상이 온통 하얀 사과꽃으로 출렁거렸습니다. 그야말로 그날 밤은 아름다운 전설 속의 사과꽃이 저에게 피어났는지도 모릅니다. 그 향기에 질식해서 죽어도 좋을 것 같았습니다.

그때부터였을까요. 제 마음에 이상한 것이 싹트기 시작한 것은. 그전까지는 상상도 못한 일이었습니다. 한번 싹튼 그것은 걷잡을 수 없이 빠른 속도로 자라났습니다.

다음 날 그가 서 있어야 할 자리에 다른 경비원이 서 있었습니다. 처음에는 교대 시간이 바뀌었나 보다 했습니다. 나중에는 그도 저처럼 아픈 건 아닌지 걱정되었습니다. 그다음 날도 그가 보이지 않았습니다. 그제야 비로소 경비원 감원 관련 입주민 서명, 이라는 메모가 떠올랐습니다. 가슴이 텅 내려앉았습니다. 그를 다시 볼 수 없다는 생각만으로도 견딜 수가 없었습니다. 그때까지 그의 휴대전화 번호 하나 알아두지 못한 어리석음을 탓해보았자 소용없는 일이었습니다. 시간이 지나면서 생각은 다른 곳을 향해 내닫기 시작했습니다. 제 마음에서 자라고 있는 것의 정체를 알아채고 그가 저를 피하는 거라는. 그리움과 미움은 같은 나무의 다른 줄기에 불과하다는 걸 비로소 알았습니다. 그날부터 저는 꼬박 사흘을 앓았습니다. 마음보다 먼저 몸이 안다는 거, 사실이더군요. 그가 그리운 만큼 열은 심해졌습니다. 차라리 제 몸이 불덩이가 되기를 바랐습니다. 그러면 아무것도 생각할 수 없을 테니까요.

간절하게 원하면 닿는다고 했던가요. 기적처럼 그 일이 일어났습니다. 놀이공원에 다녀온 지 2주일째 되는 토요일, 그가 아파트 앞에 서 있었습니다. 그를 본 순간 가슴속에서 덜커덕 기차 바퀴 구르는 소리가 났습니다. 얼굴이 그게 뭐야, 반쪽이 됐잖아. 밥은 제대로 먹고 다니는 거야? 그렇게 사소한 안부에도 제 마음은 요동쳤습니다. 존나 재수 없어. 병신이라고 무시하는 거야? 왜 말도 없이 사라지는데? 으응, 지방엘 좀 다녀왔어. 금방 오려고 했는데 잘 안 됐어. 미안해. 그가 말했습니다. 미소까지 지으면서요. 미안하면 다야? 지금 웃음이 나오냐? 저는 무람없이 투정을 부렸습니다.

우리는 집 근처 공원을 걸었습니다. 손을 꼭 잡고서요. 땅거미가 밀려오는 공원의 풍경은 시시각각 변했습니다. 이어폰을 낀 채 고개를 까닥거리며 걸어가는 소녀의 그림자가 길어졌습니다. 폐휴지 수레를 끌고 가는 노인의 어깨에 노을이 내려앉았고요. 산책 나온 강아지가 한 발을 든 채 깨갱거리고, 롤러스케이트를 타는 소년들이 우리 앞을 휙휙 지나쳤습니다. 청춘 남녀들은 숲이 우거진 쪽으로 꾸역꾸역 숨어들었습니다. 저는 그의 손을 놓고 싶지 않았습니다. 손을 놓는 순간, 눈앞의 풍경들이 사라지고 저만 나락으로 떨어져버릴 것 같았습니다. 집에 가기 싫어. 뭐? 집에 아무도 없어. 마침 아버지는 출장 중이고 엄마와 막냇동생은 친척 결혼식이 있어 시골 외할머니 댁에 갔습니다. 바로 아래 동생은 친구 집에서 자고 온다고 했고요. 그렇다고 집엘 안 들어가는 게 말이 되냐? 지겨워서 그래. 혼자 있는 게 지긋지긋해서. 그는 난감한 기색이었습니다. 소원이야, 소원. 소원이라는데 그것도 못 들어주냐? 그는 소원이라는 말을 몇 번인가 되뇌더니 제 손을 더 꼭 잡았습니다. 손가락의 뼈마디들이 달그락거리면서 온기를 지어냈습니다. 그 온기에 제 마음이 들뜨고 제 몸은 달떴습니다. 정말이지 그와 함께라면 지옥이라도 마다하지 않았을 것입니다.

이게 또 말썽이네. 하필 그가 사는 원룸의 문이 열리지 않았습니다. 전에 한번은 바람의 압력 때문에 문이 닫히지 않은 걸 모르고 외출했다가 도둑을 맞았다고 했습니다. 문이 열리지 않자 조바심이 났습니다. 열쇠 수리하는 사람 불러. 조금만 더 해보고. 저는 문이 열리게 해달라고 간절히 기구했습니다. 그 순간, 스르륵 문이 열렸습니다.

도둑이 가져갈 것도 없네, 뭐. 농담을 하면서도 가슴이 동동 뛰었습니다.

방 안은 온통 그림이었습니다. 꽃과 나무에 드리운 빛의 조각들과 노을 지는 강의 수면, 단발머리 여자애의 얼굴. 그리고 책에서나 보았던 누드화까지. 저는 그림에 눈을 붙박은 채 서 있었습니다. 막상 작은 공간에 단둘이 있게 되자 어색했을까요. 저보다 그가 더 안절부절못했습니다. 집이 너무 좁지? 아니. 하마터면 좁아서 더 좋아, 라고 말할 뻔했습니다. 서로의 숨소리가 들릴 정도의 거리에 앉을 수 있는 행운은 집이 작아야만 누릴 수 있는 것이니까요. 아저씨, 화가야? 아아니, 그냥 심심할 때 그려. 존나 잘난 척해. 그가 뒤통수를 긁으며 웃음 지었습니다. 저도 모

르게 자꾸 누드화에 눈길이 갔습니다. 왠지 그와 인연이 닿아 있
는 여자일 거라는 생각이 들었습니다. 그러나 차마 묻지 못했습
니다. 대신 저는 단발머리 여자애의 얼굴을 가리켰습니다. 누구
야? 그가 대답 없이 고개를 돌렸습니다. 공연한 질문을 했구나
싶으면서도 저는 그림 속의 주인공이 궁금했습니다. 한참 만에
그가 입을 떼었습니다.

　동생이야. 너 같은 애였어. 나 같다니? 너처럼 말도 어눌하고
몸도 잘 가누지 못하는…… 몇 번인가 말이 끊어졌다가 다시 이
어졌습니다. 누구에게도 말한 적이 없다고 했습니다. 동생이 태
어나자 부모님의 관심은 온통 그 애뿐이었어. 나는 외톨이가 된
것 같았지. 그는 내심 동생이 없어지기를 바랐습니다. 부모님이
집을 비운 사이 그는 동생의 얼굴에 가루분을 쏟아부었다고요.
동생이 숨넘어가는 소리를 내며 울었을 때에야 그는 자신이 무
슨 짓을 했는지 깨달았습니다. 아버지에게 회초리를 맞으면서도
아픈 줄을 몰랐다고요. 동생이 태어났을 때부터 정상이 아니었다
는 말을 듣는 순간, 회초리가 가슴을 후벼대더라고요. 동생이 학
교에 다니고부터 어머니도 일을 시작했어. 동생 병원비와 약값이
만만치 않았거든. 동생을 돌보는 건 내 몫이었지. 동생은 아이들
한테 놀림을 당하면 밥을 먹지 않았어. 어느 날부터인가 동생은
그와 함께 가는 경우가 아니면 집 밖에도 나가지 않았습니다. 동
생의 살이 빠지기 시작했다고요. 그는 동생이 점점 작아져서 사
라질까 봐 두려웠습니다. 동생이 없으면 나도 살아갈 자신이 없

었거든. 밥 먹어. 안 먹으면 죽는단 말이야. 싫어, 싫어. 동생을 달랬지만 소용이 없었어. 오히려 동생은 발을 동동 구르며 악을 썼다고요. 동생이 우는 소리를 들은 사람들은 내가 동생의 밥을 빼앗아 먹었다고도 하고, 동생을 때리는 걸 봤다고도 했어. 그런 말을 들을 때면 내가 정말 그랬는지도 모른다는 착각이 들었어. 꾸중하는 부모님 앞에서 나는 아무것도 해명하지 못했어. 침묵을 지키는 동생이 야속했지만 그렇다고 동생을 다그칠 수도 없었어. 아버지에게 회초리를 맞은 날, 언제까지나 그 애 편이 되어줄 거라고 다짐했거든. 그 애 소원이 놀이공원에 가는 거였는데……

놀이공원에 갈 수 없었던 그와 동생은 강가에 나가 물고기를 잡았습니다. 어느 날 동생이 헤엄을 치고 싶어 했고, 그는 말렸습니다. 그가 물고기를 잡는 사이 동생이 물속으로 걸어 들어갔습니다. 뒤늦게 그가 따라 들어갔지만 끝내 동생을 구하지 못했습니다. 사람들은 그를 동생 죽인 사람 취급했다고요. 하물며 부모님까지. 대놓고 그런 내색을 한 건 아니지만 느낌보다 정확한 건 없으니까요. 그것이 그가 열다섯 살에 집을 나온 까닭입니다. 그 무엇보다 그를 괴롭힌 것은 동생을 구하지 못했다는 자괴감이었습니다.

저랑 밥을 먹었던 날, 그날이 동생이 강으로 간 날이었습니다. 말끝에 그가 헉하고 울음을 쏟았습니다. 저는 그의 머리를 감싸 안았습니다. 그러다 저도 그만 울음을 터뜨리고 말았습니다. 살아오면서 꾹꾹 눌러온 설움이 둑 터지듯 했다고 할 수밖에요. 그가 저의 등을 토닥여주었습니다. 힘들어도 버텨야 한다고, 어떻게든 살아내야 한다고. 비밀을 공유한 자들끼리의 연대감이 가슴에서 가슴으로 전해졌습니다. 그렇게 그의 품에 영원히 안겨 있고 싶었습니다.

그날 이후 저는 그의 방에 자주 갔습니다. 어쩌면 그곳은 제 영혼의 안식처이자 저와 세상을 이어주는, 유일한 비상구였는지도 모릅니다. 그가 있을 때는 물론, 그가 없을 때도 그 방을 드나들며 밥을 짓고 빨래를 했습니다. 그는 극구 말렸지만 저는 그렇게 하고 싶었습니다. 그를 위해 제가 할 수 있는 일은 그것뿐이었으니까요.

그러던 어느 날 저는 그에게 제 얼굴을 그려달라고 했습니다. 그가 한참 생각에 잠겨 있더니 제 얼굴을 그리기 시작했습니다. 그는 오직 그림을 그리는 데만 열중했고 저의 신경은 온통 그에게 쏠려 있었습니다. 그의 눈동자가 움직이는 방향과 어깨의 흔들림, 그의 손이 빚어내는 선과 면들을 따라 제 눈과 의식이 이동했습니다. 그와 저 사이에 보이지 않는 끈이 있어 우리를 꽁꽁 묶어놓고 있다고 여겼습니다. 어느 순간, 미세한 전류가 저의 몸을 반짝 관통하고 지나가는 것을 느꼈습니다. 저는 기습적으로 그의 입술에 제 입술을 포개었습니다. 그것은 충동이라기보다 일종의 당위였습니다. 고개를 떨어뜨리고 있는 그를 보면서 저는 초조했습니다. 언제쯤 그의 눈초리가 올라가고 얼굴 근육이 떨리는지 숨죽이며 살폈습니다. 끝내 그런 일은 일어나지 않았습니다. 엄밀하게 말하면 그 반대였습니다. 그의 속눈썹이 떨리고 그의 가슴이 조용히 오르내렸습니다. 그의 무구한 눈빛으로 인해 아릿하고도 달콤한 안도감이 가슴을 적셔왔습니다.

저는 그가 그려준 그림을 제 책상 앞에 붙여두었습니다. 제 얼굴이 그렇게 사랑스러워 보이기는 처음이었습니다. 아무리 봐도 질리지 않는 그림. 그동안의 고통과 시련도 이런 날을 위해 준비되었던 거라는 생각이 들었습니다. 그에게 저 같은 동생이 있었다는 것도 우연은 아닐 거라는. 그러니까 저는 처음으로 저의 장애를 받아들인 것입니다. 저는 아직도 사랑이 무엇인지 모릅니다. 하지만 함께 있는 것 말고는 아무것도 바라지 않는 마음의 한 굽이에 그것은 존재하는 게 아닐까요. 또 그것은 전 생애를 통해 단 한 번 올까 말까 한, 다시없는 축복일 테지요.

저는 그가 그린 또 다른 그림을 갖고 싶었습니다. 제 얼굴만이 아닌, 몸을 그린 그림 말입니다. 그 그림을 보면 제 몸을 사랑할 수 있겠다 싶었습니다. 그가 제 몸을 그리는 상상만으로도 가슴은 파도처럼 일렁였습니다. 그의 손끝에서 새롭게 태어나기라도 할 것처럼. 기왕이면 사과꽃 향기가 나는 여자로 거듭나고 싶었습니다. 그렇게만 된다면 더 이상 아무것도 원망하지 않고, 아무도 미워하지 않을 것 같았습니다. 아니, 그럴 거라고 다짐했습니다.

그날은 작정하고 그의 집으로 갔습니다. 저녁을 먹다가 그에게 제 몸을 그려달라고 했습니다. 단번에 거절하는 그 앞에서 저는 무릎을 꿇었습니다. 똑딱단추만 풀면 쉽게 벗을 수 있는 원피

스는 허물처럼 주르르 흘러내렸습니다. 그는 눈을 어디다 둘지 몰라 허둥대면서 옷을 입으라고 단호하게 말했습니다. 제가 옷을 입지 않고 버티자 그가 저를 달랬습니다. 이러는 게 아니라고. 누가 보면 어떻게 생각하겠느냐고. 그런 게 무슨 상관이야? 저는 반박했습니다. 정말이지 그런 것은 아무것도 아니었습니다. 실랑이 끝에 그가 옷을 입혀주었습니다. 제 살에 닿는 그의 손이 떨렸습니다. 쓸쓸한 제 몸보다 그의 손이 더 서글펐습니다. 저는 그를 와락 껴안았습니다. 그가 화들짝 놀라며 저를 밀쳐냈습니다. 한 번도 보지 못한, 냉랭한 표정이었습니다. 순간, 절망감이 엄습했습니다. 역시 이 사람은 나를 사랑하는 게 아니었구나. 이리저리 뒤틀리는 내 알몸이 혐오스러운 거구나. 제 몸이 얼마나 황량하게 느껴졌는지 모릅니다. 내가 싫은 거지? 병신이라서 싫은 거잖아. 아냐, 그런 게 아냐. 그러면 뭐야? 씨발, 뭐냐고? 네 몸이 얼마나 눈부신지 넌 모를 거야. 하지만 해서는 안 되는 일이 있는 거야. 사람은……

그의 눈자위가 붉어지는 걸 본 순간, 저는 맥없이 자리에 주저앉고 말았습니다. 하필 옆에 있던 앉은뱅이 밥상을 넘어뜨렸고, 그가 저를 위해 끓인 김치찌개가 제 허벅지로 쏟아졌습니다. 속옷까지 젖은 것은 물론, 저는 허벅지를 데었습니다. 살갗이 벌겋게 부풀어 올랐습니다. 조금만 기다려. 금방 올게. 그는 담요로 제 몸을 가려주고는 황급히 약국으로 달려갔습니다. 더럽혀진 제 옷을 맡기기 위해 세탁소에도 들러야 했을 것입니다. 저는 그의 사각팬티를 입은 채 침대에 누웠습니다. 무언지 모를 것이 가슴에 물큰 고여왔습니다. 그때 반쯤 열려 있는 서랍에 눈길이 닿았습니다. 낯선 여자와 어린아이 곁에서 활짝 웃고 있는 그의 사진을 보는 순간, 가슴이 내려앉았습니다. 넓은 이마와 날카로운 콧대, 짧은 인중…… 아이의 얼굴 속에 어린 그가 들어 있었습니다. 여자는 동양화 속에 나오는, 순하다 못해 백치 같은 얼굴이었습니다. 병신 주제에 툭하면 욕이나 내뱉고 생떼 부리기를 일삼는 저와는 근본부터 다른 여자. 입술이 달달 떨리고 머릿속에 노란불이 들어왔습니다. 문득 지난번에 지방에 다녀왔다는 말이 생각났습니다. 아내와 딸을 만나러 갔던 것이구나. 그 순간 저와 세상을 이어주던 끈이 툭 끊어지는 것을 느꼈습니다. 처음부터 그에게 저는 아무것도 아니었다는 데 생각이 미치자 분노가 솟구쳤습니다. 저에게는 전부였던 일이 그에게는 아무것도 아니었다니요. 아니, 비로소 저는 깨달았습니다. 그에게 저는 죽은 동생의 그림자 이상이 아니라는 걸 알면서도 애써 부인하려 했다는 걸. 그러니까 분노와 배신감은 오롯이 제 자신을 향한 것이었습니다.

허벅지의 덴 부위는 점점 부풀어 올랐지만 통증 따위는 느끼지 못했습니다. 그는 한참이 지나도 돌아오지 않았습니다. 갑자기 천장이 내려앉고 땅이 꺼지는 공포가 밀려왔습니다. 이내 검은 물살이 저를 덮치는 환영에 사로잡혔습니다. 무언가 거대한 것이 제 몸을 스윽 통과하는 느낌. 점차 사물의 윤곽이 흐려지고 눈앞에 희끄무레한 덩어리들이 줄을 이었습니다. 눈을 감은 채 그대로 잠들었으면 좋겠다고 생각했고, 실제로 잠들어 무슨 꿈을 꾸었는지도 모릅니다. 몽롱한 의식을 비집고 우당탕 소리가 들려 왔습니다. 문이 열린 것은 그때였습니다. 급히 나가느라 그는 문 잠그는 걸 잊었던 걸까요. 하필 바람의 압력 때문에 문이 닫히지 않았는지도 모르겠습니다. 너 여기서 뭐하는 거야? 미쳤어? 고함을 치며 달려들어 온 엄마에게 저는 머리채를 잡혔습니다. 어떤 놈이야, 어떤 놈이냐고? 내 이놈을…… 저는 당장 밖으로 뛰쳐나가고 싶었습니다. 하지만 엄마는 그를 붙잡기 전에는 한 발짝도 움직이지 않을 기세였습니다. 내가 못살아. 한 번도 아니고, 창피해서 어떻게 얼굴을 들고 다녀? 그러니까 누가 날 낳으래? 나 같은 걸 왜 낳았냐고? 누군 그렇게 낳고 싶어서 낳았겠어? 그럼 낳자마자 엎어버리지. 엎어버렸으면 됐잖아? 너 정말? 미쳤냐고? 그래 미쳤어. 왜, 병신은 미치지도 못하나? 엄마 같으면 안 미치겠어? 뭘 잘했다고 큰소리야? 잘못한 건 또 뭔데? 내가 뭘 잘못했냐고? 그만해라. 지금이라도 죽으면 될 거 아냐? 정말이지 죽고 싶다는 생각뿐이었습니다. 난 뭐 살고 싶어서 사는 줄 알아? 이참에 너 죽고 나 죽자. 엄마가 저의 등을 두들기며 오열했습니다. 거기까지가 제가 기억하는 것입니다.

저는 곧장 병원으로 실려 갔고, 만 하루를 혼수상태에서 깨어나지 못했습니다. 사나흘 병원 신세를 지는 사이에 일사천리로 일이 진행되었습니다. 혼몽한 와중이었는데 경찰이 무슨 종이를 들이댔습니다. 저는 엄마가 시키는 대로 거기에 사인했습니다. 진술서의 내용이 어떤 것인지 짐작했으면서요. 퇴원 후 한동안 저는 방 안에 틀어박혔습니다. 서랍 속의 사진, 여자와 아이를 떠올리며 제 안의 악마를 살찌웠습니다. 그의 동생 이야기도 모르는 여자, 천치 같은 그 여자를 미워해서는 안 되는데 미웠습니다. 그 여자만 사라져준다면 그를 오롯이 가질 수 있을 거라고 생각했습니다. 아니, 무슨 수를 써서라도 그를 제 사람으로 만들고 싶었습니다. 그렇게 얼토당토않은 망상을 거듭하는 동안 제 안의 악마는 무럭무럭 자랐습니다. 하지만 저의 내부에 웅크리고 있던 양심이 저를 일깨웠습니다. 더 미루어서는 안 된다. 하지만 이미 그는 미성년 장애인 성폭행 혐의로 구속 수감된 뒤였습니다. 일고의 여지도 없었다고요. 용서받을 수 없는 파렴치한. 그렇게 그는 낙인찍혔습니다.

매일 아침 눈을 뜨면 찬 바닥에 누워 있을 그가 떠올랐습니다. 살아 있다는 것이 죄스럽고, 살아갈 날이 아득하기만 했습니다. 무엇보다 그가 저를 원망할 거라는 생각을 하면 유리 조각이 살을 파고드는 통증을 느꼈습니다. 그를 고발한 사람은 표면적으로 엄마였지만, 저는 침묵함으로써 모든 걸 인정한 셈이었습니다. 그를 오롯이 가질 수 없다는 걸 알았을 때부터 이미 정해진 수순이었는지 모릅니다. 누구든 자신의 처지를 인정할 수밖에 없다는 것을 깨달았을 때 비로소 스스로를 응시하게 된다고요.

하지만 그것만이 다일까요?

중간고사 후 문학 시간, 선생님이 보여주었던 영화 「블레이드 러너」는 인간이 만들어낸 인간에 관한 이야기였습니다. 스스로 인간이라고 믿고 있는 그의 생존 본능은 인간보다 더 인간적이었지요. 그래서 엄숙함마저 느꼈습니다. 그 영화를 보여준 뒤 선생님이 그랬지요. 토끼에게 연민을 느끼는 호랑이는 굶어 죽을 수밖에 없으며 적에게 동정을 느끼는 군인은 총알을 맞을 수밖에 없다고. 그것이 진화론적인 법칙이라고. 하지만 사랑은 그것을 뛰어넘는다고 했습니다. 복제인간이라 해도 사랑하면 단순한 유기체를 넘어 새로운 차원에 동참한다고. 피그말리온이 실현되는 것이라고.

또 선생님은 세상에서 가장 끔찍한 것은 사랑 뒤에 오는 이별이라고 했습니다.

하지만 그보다 더 끔찍한 것은 그와 저 사이에 사랑이 있었는지 알 수 없다는 것이었습니다. 단 한순간만이라도 그가 저를 사랑했다면, 그렇게 말해주기만 해도 저는 그를 용서할 수 있을 것 같았습니다. 아니, 용서를 구할 사람은 저였습니다.

저는 그를 면회 갔습니다. 그가 저를 원망해주기를 바라면서요. 그러면 미안하다고 말할 생각이었습니다. 그런데 그는 저에게 용서를 구할 기회마저 주지 않았습니다. 침묵으로 일관했습니다. 법정에서도 그랬다더군요. 침묵과 굴욕 너머에 무엇이 있는지 알지 못한 채 저는 발길을 돌려야 했습니다. 그때 저는 분명히 보았습니다. 저를 바라보는 그의 눈에 드리운 절망 말입니다. 난 네가 그런 애라는 걸 벌써부터 알고 있었어, 라고 말하는 눈빛.

모든 것이 끝났다 싶으니 눈앞이 캄캄했습니다. 그와 처음으로 저녁을 먹은 뒤 보름 정도 그를 보지 못했던 때가 생각났습니다. 그때의 그리움이 투명한 그리움이었다면 이번에는 사무치는 것이었습니다. 저는 며칠을 고열로 앓았고, 더는 가만있으면 안 된다는 걸 깨달았습니다. 엄마에게 진실을 고백했습니다.

그 사람은 나쁜 짓 하지 않았어. 증거가 있는데 뭐가 아냐? 오해라니까. 내가 그 사람한테 그림을…… 다 끝난 일이야. 제가 입원해 있는 동안 의사는 저의 처녀막 손상을 입증했던 것입니다. 그게 아니라는 거 누구보다 엄마가 잘 알잖아? 난 몰라. 하나같이 짐승만도 못한 놈들이야. 그때 그 일 그냥 덮어서 너한테 남은 게 뭐야? 또 이렇게 당하기나 하고. 그렇습니다. 태어나서 줄곧 자라온 동네 뒷산에서 저는 불량배들에게 무참히 짓밟혔습니다. 그때는 엄마도 고발이니 뭐니 하는 것은 엄두도 내지 못했습니다. 그 일을 두고두고 원통해 하며, 엄마는 나날이 악다구니가 늘었습니다. 내 손에 잡히기만 해봐라. 모가지를 비틀어버릴 테니까. 그러나 그렇게 하지 못한 엄마는 스스로 동굴을 파고 들어앉아버렸습니다. 누굴 탓하겠어. 내 죄가 많아서 네가 이런 걸. 그런데 또다시 그런 일이 일어났으니 엄마 눈에 보이는 게 없는 건 당연했는지 모릅니다. 어쨌거나 그 일로 생긴 제 몸의 징후까지 그가 뒤집어쓴 격이었습니다.

법정에서 증언할 거야. 뭐? 누가 네 말을 믿어준대? 싸울 거라고. 진실은 밝혀지는 거니까. 그리고 이것만은 알아둬. 설령 그 사람이 나한테 그랬다고 해도 난 용서할 수 있어. 뭐? 사랑했으니까. 사랑? 엄마가 코웃음을 쳤습니다. 제가 처음 생리를 시작했을 때와 같은 표정이었습니다.

주제에 생리까지? 병신이 밥을 먹고 똥을 쌀 수는 있지만 생리는 용납하기 어려운 일이라고요. 생리를 한다는 것은 여자가 되는 것이고, 저는 여자가 되어서는 안 되었습니다. 모름지기 여자라면 남자와 사랑도 나누고 아이도 낳아야 하는데 저에게 그런 일이 일어나서는 안 되었습니다. 조금만 움직여도 온몸이 뒤틀리는 배냇병신에게 사랑은 가당치 않은 일이라고요.

그래, 그놈도 널 사랑한다던? 그놈이 너 같은 걸 평생 데리고 산다더냐고? 저는 탄원서를 냈습니다. 결국 엄마는 합의금을 받아냈고, 그가 출소했다는 소식을 들었습니다. 엄마가 바란 게 그거였어? 그래, 너 말 잘했다. 몇 년 감옥에서 썩을 놈 꺼내주면서 합의금도 안 받아? 누구 좋으라고? 아무튼 그 돈은 돌려줘. 돌려줘? 내가 그 돈 받아서 잘 먹고 잘살 거라던? 길을 막고 물어봐. 세상에 어느 부모가 병신 자식 성폭행당한 대가로 합의금 받고 싶은지. 엄마의 말은 어느 정도 맞았습니다. 하지만 엄마가 그 돈을 어디에 썼는지 저는 알고 있습니다. 빚을 갚았으니 그리 나쁜 용도로 쓴 것은 아닌지도 모르겠습니다.

그렇게 저는 그와 이별했습니다. 그 끔찍하다는 이별 말입니다. 아니, 사랑이 없었으니 이별도 없었다고 해야 하는 것일까요.

사방이 홍건한 어둠 속에서 기어이 폭우가 쏟아집니다. 빗물이 저의 의식을 때리며 외투 속으로 파고듭니다. 온몸에 끼치는 한기가 저의 무력감을 부추깁니다. 하늘 높이 치솟은 공장 굴뚝들과 칙칙한 대기, 담대한 속력으로 질주하는 차들…… 이 풍경 건너 삼나무가 울창한 숲, 그 너머 바다가 내려다보이는 언덕 어딘가에 있다는 공원묘지. 작은 교회에 딸린 그곳에서 그가 묘지를 관리하며 지낸다고요. 저는 그곳으로 조심조심 다가갑니다. 눈앞이 가물가물하고 숨이 멎을 것 같은, 이 도저한 떨림은 무엇인가요.

하와

장마의 끝이 보이기 시작하고 최악의 태풍도 지나갔다. 그동안 내린 비로 하늘이 몇 뼘쯤 낮게 내려앉았다. 비안개가 끼어 공기도 축축했다. 그 때문인지 학교 건물도 우중충해 보였다. 아빠와 나는 침침한 계단을 올라가 2층 교무실로 들어갔다.

　담임 선생님은 머리가 길고 검은색 뿔테 안경을 쓴 여자였다. 눈은 작고 코는 오뚝했다. 입술에는 분홍색 립스틱을 발랐다. 나를 보고 똘똘하게 생겼네, 하며 미소를 띠었다. 교실로 가는 동안 나는 가슴이 콩닥거렸다.

　낙서와 얼룩으로 지저분한 벽과 낡은 책걸상이 놓인 교실은 허름한 상자 같았다. 책상 사이를 돌아다니거나 마대를 휘두르며 총싸움을 하고 동전 따먹기나 딱지치기를 하며 떠드는 아이들까지 그야말로 교실 안은 아수라장이었다.

"조용, 조용!"

아이들이 동작을 멈추고 선생님과 나를 향해 일제히 시선을 돌렸다.

"오늘 전학 온 친구야. 앞으로 사이좋게 지내야 한다."

선생님은 나에게 자기소개를 하라고 했다.

"저는 김대성입니다."

"야, 빅뱅이래."

누군가의 입에서 아이돌 그룹의 가수 이름이 나오자 금세 교실이 시끌시끌했다. 신고식도 할 겸 그 그룹의 노래를 해보라고 한 아이가 말했다. 아이들이 박수를 치면서 연방 킥킥거렸다. 나는 눈앞이 깜깜했다. 노래라면 젬병이었다. 곧 수업이 시작될 거니까 노래는 다음에 하라고 선생님이 잘랐다. 구세주가 따로 없었다.

내 짝은 중간 키에 깡마른 혼혈아였다.

"하와는 대성이 잘 챙겨주고."

하와, 신비로운 이름이었다. 그 애를 보지 않고 이름만 들었다면 여자애인 줄 알았을 것이다. 그 애가 커다란 눈을 깜박거리며 나를 쳐다보았다. 코밑이 거뭇거뭇했다.

선생님이 교실을 나가자마자 아이들이 내 자리로 몰려왔다. 노래를 시킬까 봐 가슴이 조여들었다. 그런데 한 아이가 어디서 잡아왔는지 바퀴벌레를 하와의 옷에 넣으려고 했다. 하와가 어깨를 움츠리며 피했다. 바퀴벌레를 손에 쥔 아이도 물러서지 않았다.

하와의 가방을 덮쳐 무언가를 꺼내서 바닥에 내동댕이쳤다. 와르르 쏟아진 건 메추리 알이었다. 하와가 무슨 말인가 하려고 입을 열었다. 목에서 모래가 버글거리는 소리가 났다.

"저 새끼 메추리 알을 얼마나 처먹었으면 메추리 소릴 내겠냐?"

조금 전의 그 아이가 입을 뾰족이 내밀며 메추리 울음소리를 흉내 냈다.

"가래라니까. 야, 그 가래 좀 확 뱉어버려."

"저 새끼는 가래도 시커멓겠지?"

똥도 그럴 거라며 아이들이 자지러졌다.

"야, 그만해."

곱슬머리 여자애가 그 애들을 향해 일침을 놓았다.

"너도 나대지 말고 밤길 조심해라. 치마만 보면 물불 안 가리고 덤비는 게 파퀴 새끼들이니까."

"파퀴 박멸! 파퀴 박멸!"

누군가가 외치자 아이들이 우르르 따라 했다. 하와는 자기와는 무관한 일이라는 듯 아무런 대응도 하지 않았다. 한두 번 당하는 일이 아니라는 걸 알 수 있었다.

다음이 음악 시간이라고, 하와가 나에게 알려주었다. 음악실로 이동해야 한다는 것도. 그새 가래가 걷히고 목 안에 푸른 물이 고인 것 같았다.

어쩌면 저 애도 나처럼 무언가가 목으로 잘못 넘어갔는지 모른다.

지난겨울, 엄마의 외출이 부쩍 잦고 아빠는 얼이 나간 사람처럼 보였다. 집 안 공기가 하루가 다르게 싸늘해졌다. 그것이 몰고 올 일을 나는 눈치챘다. 며칠째 휴대폰만 들여다보던 엄마가 처음 보는 코트를 입고 현관으로 나왔다. 그대로 엄마를 보내면 다시 볼 수 없을 거라는 생각이 들었다. 하지만 나는 어떻게 해야 할지 몰랐다. 엄마는 어깨를 꼿꼿이 세운 채 뒤도 안 돌아보고 집을 나섰다. 그때 입에 물고 있던 사탕이 목구멍으로 넘어갔다. 웅웅 소리를 내며 집 안으로 밀려들어온 바람이 귓속으로 파고들었다. 그 후로 시도 때도 없이 딸꾹질이 나왔다. 귀에서는 웅웅 바람 소리가 끊이지 않았다.

"넌 어디서 왔냐?"

몸집이 크고 눈썹이 짙은 아이가 건들대며 내 어깨를 툭 쳤다.

"어디서 왔냐고 묻잖아?"

그 옆에 서 있던 아이가 목소리를 높였다. 나는 대답 대신 그 애들을 빤히 쳐다보았다.

"눈은 깔고."

마침 차임벨이 울렸다. 어깨를 쳤던 아이가 나중에 보자며 음악실로 달려갔다.

"쟤가 우리 학교에서 제일 힘이 센 애야. 재구, 황재구."

하와가 속삭였다. 하와와 함께 음악실로 들어서는 나를 재구가 노려보았다. 순간 나는 하와와 어울리면 학교생활이 어려워진다는 걸 깨달았다. 어쩌면 이 학교도 전 학교와 다르지 않을 거라는 예감이었다.

전에 다니던 학교에서의 일은 기억하고 싶지 않았다. 언뜻 보기에 학교의 분위기는 평화로웠다. 아이들만 해도 숙맥들의 집합체라고 할 만했다. 그중에 폭탄을 내장하고 다니는 아이들이 더러 있었다. 몇몇 아이가 무리 지어 다니면서 문제를 일으켰다. 곧 구타와 폭력으로 이어졌다. 그 애들의 후각은 예민했다. 작은 일에도 깜짝깜짝 놀라는 순호, 할머니와 단둘이 사는 석희가 표적이 되었다. 어느 날부터인가 나도 거기에 끼어 있었다. 어쩌면 그것은 내가 자초한 일이었다.

엄마는 집을 나가면서 내 책상 서랍에 통장을 넣어두었다. 꼭 필요할 때 써야 한다, 는 메모가 들어 있었다. 나는 한시라도 빨리 돈을 없애고 싶었다. 눈앞에 없는 엄마에게 할 수 있는 반항이라면 뭐든지 하고 싶었다. 아이들에게 햄버거나 피자를 사주면서 어울려 다녔다. 곧 그 일에 싫증이 났다. 무엇보다 집에 오면 밀려드는 허탈감을 주체하기 어려웠다. 일은 그때부터 시작되었다. 발을 걸거나 어깨를 치고 지나가는 정도에서 돈을 내놓으라는 협박으로 이어졌다. 거부하면 옆구리에 혹을 먹이고 허벅지를 걸어차거나 팔을 꺾었다. 으슥한 곳에서 부딪치면 문구용 칼이나 가위로 위협했다. 몸의 고통보다 그 애들의 눈빛이 더 무서웠다. 나는 엄마만 돌아오면 괜찮아질 거라고 스스로를 다독이며 버텼다. 하지만 엄마가 돌아오기란 죽은 화초가 다시 살아나는 일만

큼이나 어려운 일이라는 걸 알고 있었다. 엄마가 집을 떠난 뒤 베란다의 화초들은 점점 말라갔다. 꽃이 무더기로 떨어진 날 내 몸속에서도 무언가 훅 빠져나갔다. 그즈음 아빠가 다니던 회사의 부도 소식이 날아왔다. 아빠는 새 일자리를 찾아 이사를 가야 한다고 했다. 그곳을 떠나면 엄마를 영영 볼 수 없을 것 같아 서운했다. 하지만 한편으로는 안심이 되었다. 그 애들로부터 벗어날 수 있을 테니까.

이따금 나를 쏘아보는 재구만 아니었다면 음악 시간은 즐거웠다. 선생님은 만화영화에 나오는 뚱뚱한 공주처럼 불룩한 가슴을 쉴 새 없이 움직이며 고운 목소리를 냈다.

문득 외롭다 느낄 때 하늘을 봐요 같은 태양 아래 있어요 우린 하나예요 마주치는 눈빛으로 만들어가요⋯⋯

노래를 따라 부르는데 귀에서 웅웅 소리가 나고 딸꾹질이 나왔다. 엄마도 선생님처럼 노래를 잘 불렀다.

"이번 수행평가는 이 노래를 편곡하는 거예요. 자기만의 색깔이 충분히 드러나도록!"

아이들이 모두 음악실을 나갔지만 나는 뭉그적거렸다. 피아노가 나를 놓아주지 않았다. 주번인 하와가 문을 잠그려고 기다리는 걸 알면서도 나는 피아노 옆을 뱅뱅 돌았다. 한번 쳐보고 싶었다. 건반 위에 손을 대는 순간, 복도에서 무슨 소리가 났다. 정신이 번쩍 들었다. 느낌이 좋지 않았다.

"니 꺼보다 더 잘해야 돼. 안 그랬다가는 알지?"

재구가 손으로 하와의 목을 자르는 시늉을 했다. 재구 무리가 하와를 둘러쌌다.

"싫어."

"뭐, 싫어? 이 파퀴 새끼가 죽을라고 환장을 했나. 어디서 싫대?"

재구가 무릎으로 하와의 옆구리를 가격했다. 하와가 비틀거렸다. 그 틈을 타서 무리 중 한 명이 하와의 목을 졸랐다. 하와가 캑캑거리며 발버둥 쳤다. 아이들 몇 명이 지나갔지만 아무도 말리지 않았다. 오히려 구경거리가 생겨 재미나다는 눈빛이었다. 나는 음악실 밖으로 나가야 한다고 생각했지만, 꼼짝하지 못했다. 한 아이가 하와의 얼굴에 침을 뱉었다.

"그만해라. 오줌 쌀라."

그 말을 듣는 순간 나도 오줌이 마려웠다. 곧 오줌보가 터질 것 같았다.

"주뎅이 함부로 놀리면 어떻게 되는지 알지?"

한 아이가 하와의 목을 꺾고 머리칼을 틀어쥐면서 말했다.

재구 무리가 사라진 뒤에도 나는 복도로 나가지 못했다. 그 애들이 어디선가 나를 지켜보고 있을 것 같았다. 무엇보다 하와를 마주 볼 자신이 없었다. 종소리가 나서야 밖으로 나갔다. 하와는 보이지 않았다.

나는 주변을 의식하면서 걸음을 옮겼다. 갑자기 재구가 튀어나왔다. 별관에서 본관으로 꺾어지는 길목이었다.

"야, 빅뺑! 충고하겠는데 파퀴 새끼랑 엮이지 않는 게 좋을 거다."

집에 와서야 나는 하와 아빠가 파키스탄 사람이라는 것을 알게 되었다. 하와네가 우리 집 근처에 산다는 것도. 아빠와 하와 아빠, 재구 아빠가 같은 회사에 다니고 재구 아빠가 작업반장이었다. 아빠는 친구들과 잘 지내라고 신신당부했다. 어쩌면 어른들도 아이들 사이의 일을 알고 있을 거라는 생각이 문득 들었다. 하와 아빠가 재구에게 밥을 사주었다는 말만 해도 그랬다. 나는 학교에서 있었던 일을 아빠에게 말하지 않았다.

탁·탁·탁 창문을 두드리는 빗소리가 들려왔다. 어렸을 때 빗소리를 들으며 거실에서 잠들곤 했다. 엄마가 나를 안고 방으로 들어가는 걸 알면서도 잠든 척했다. 엄마의 심장박동 소리와 빗소리의 이중주를 들으며 나는 다시 잠에 빠져들었다. 엄마가 떠난 뒤 빗소리가 들리면 한밤중에도 놀라 깼다. 귓속에서 바람 소리가 나고 오래도록 딸꾹질이 그치지 않았다.

잠깐 잠이 들었다가 깨어났을 때는 햇살이 거실까지 밀려들어와 있었다. 텅 빈 집의 적막감이 가슴을 쓸고 지나갔다. 고양이 세수만 하고 부랴부랴 집을 나섰다. 큰길에 이르러서야 오늘이 토요일이라는 것을 깨달았다.

터덜터덜 걷는 내 모습은 영락없는 패잔병이었다. 슈퍼마켓에 들러 삐삐코를 샀다. 오늘따라 햇볕은 쨍쨍했다. 놀이터로 걸어가는 동안 삐삐코가 녹아내려 티셔츠에 얼룩이 졌다. 그 때문에 내 모습은 더욱 후줄근했다.

놀이터는 텅 비어서 휑뎅그렁했다. 한쪽 모서리가 달아나버린 정글짐, 쇠줄이 간당간당한 그네와 녹슨 시소가 전부였다. 늙은 개 한 마리가 시소 주변을 어슬렁거리다 사라졌다. 아무도 찾지 않는 놀이터는 늙은 개와 닮았다. 누구와도 어울리지 못하는 나도 곧 늙어버리는지 모른다.

나는 그네에 올라타 발을 굴렀다. 내 몸이 공중으로 날아오르려는 찰나 누군가가 나를 보고 있다는 것을 알아차렸다. 하와! 그 애가 정글짐의 꼭대기에서 나를 쳐다보았다.

조금 전까지만 해도 보지 못했는데 자식이 흡혈귀처럼 날아다니나.

이런 데서 혼자 노는 걸 들킨 것 같아 기분이 좋지 않았다. 하와가 왜 여기에 왔는지 궁금하고 경계심도 생겼다. 설마 음악실 앞에서의 일을 모른 척했다고 따지려는 건 아니겠지.

나는 하와를 애써 외면하고 그네를 탔다. 오늘따라 그네는 아주 높이 떠올랐다. 내가 공중에서 내려올 즈음 하와가 사라지고 없기를 바랐다. 그런데 사라지기는커녕 정글짐 뒤쪽에서 모래를 파내고 있었다. 마치 그 일을 하기 위해 이곳에 온 것처럼 열중했다. 가슴 밑바닥에서 심술보가 꿈틀거렸다.

여긴 내 구역인데 신고도 안 하고, 또 구덩이는 왜 파는 거야?

하와는 나에게 관심조차 없는 것처럼 보였다. 내가 딴청을 부리는 사이 구덩이 속에 누워 있었다. 모래를 이불처럼 덮어쓰고 얼굴만 내민 채. 눈을 깜박거리지 않았다면 시체인 줄 알았을 것이다.

대체 왜 저러고 있는 거지?

집으로 돌아오는 길에 참을 수 없는 허기가 찾아왔다. 허겁지겁 라면을 끓여 먹었다. 맛을 느낄 수 없었다. 시체와 무덤, 자살이라는 단어가 하나로 묶이면서 속이 울렁거렸다. 나는 놀이터를 향해 달렸다.

놀이터는 텅 비어 있었다. 안심이 되면서도 허전했다. 나는 하와가 했던 것처럼 구덩이에 들어가 누운 뒤 모래를 덮었다. 하늘이 한눈에 들어왔다. 두둥실 떠다니는 구름을 쫓다가 눈을 감았다. 사람이 죽으면 땅에 묻는 이유를 알 것 같았다. 스멀스멀 졸음이 밀려왔다.

눈을 떴을 때 하와가 옆에 누워 있었다. 하와의 것을 훔친 것처럼 켕겼다. 나는 숨을 죽인 채 꼼짝도 하지 않았다. 하와도 말이 없었다. 세상의 소리들이 모두 침묵하고 하와와 나의 숨소리만 들렸다. 모래를 거쳐 그 애의 체온이 나에게 전해졌다.

내가 어쩌다가 이렇게 되어버린 거지?

당장 일어나라고, 내 마음속의 내가 외쳤다. 하지만 몸과 마음이 따로 놀았다.

"편안하지?"

지금 누구 놀리냐? 안 그래도 죽을 맛인데.

"고민 같은 거 있으면 다 묻어버려."

이건 또 무슨 말코 쥐코 같은 소리람?

혼자선 이룰 수 없죠 세상 무엇도 마주 잡은 두 손으로 사랑을 키워요 함께 있기에 아름다운 안개꽃처럼……

하와의 노래가 꼬부라진 내 마음을 펴주었다. 재구가 수행평가를 해달라고 협박했을 때 하와가 음악을 잘할 거라고 짐작은 했다. 그래도 노래 실력이 이 정도일 줄이야. 옆을 흘끗 바라보았는데 하와의 배 위로 풍선이 떠 있었다. 이리저리 흔들리면서도 하와의 손을 벗어날 수 없는 풍선의 운명, 내가 꼭 그 꼴이었다.

"재밌는 거 보여줄까?"

쳇! 하는 심정이었다. 하와 역시 내가 어떻게 나오든 상관없다는 표정을 지었다.

이제 그만 자리를 비킬 때도 되지 않았나?

내 마음이 삐딱선을 타는 사이, 하와가 일어나 풍선을 바늘로 찔렀다. 터져야 할 풍선이 그대로였다. 어리둥절해 있는 나를 향해 하와가 눈을 찡긋했다. 곧 주머니에서 휴지를 꺼내 찢기 시작했다. 한눈을 팔지도 않았는데, 감쪽같이 휴지가 복구되어 있었다. 그뿐이 아니었다. 하와는 손수건에서 과자를 꺼내고 귀 뒤에서 메추리 알을 꺼내기도 했다.

마술! 이상하게 하와가 마술을 부리는 동안만은 좋은 꿈을 꾸는 기분이었다.

"마술 속에서 세상은 여러 겹이야. 껍질 하나를 벗기면 또 하나의 세계가 나타나."

그 말이 가슴속으로 들어와 찰랑거리고 빛이 되어 반짝였다. 하와와 나 사이에 무언가가 생겨나고 있는 느낌. 아니, 그렇게 믿고 싶었다.

"저기 달 보여?"

"어디?"

"눈에 안 보인다고 달이 없는 건 아니야."

순간, 거짓말처럼 낮달이 떠 있었다.

이건 또 뭐지? 진짜 마술?

집에 돌아와서도 머릿속은 하와로 가득 찼다. 나는 하와가 입에서 뿜어낸 불로 화려한 꽃을 피우는 상상을 하면서 아침이 오기를 기다렸다.

운동장 조회를 알리는 방송이 나오자 아이들은 서둘러 교실을 빠져나갔다. 현관까지 가서야 나는 신발주머니를 챙기지 못한 것을 깨달았다. 다시 교실로 갔는데 교실 뒤쪽에 재구가 서 있었다. 나는 벽에 몸을 붙인 채 숨을 죽였다. 사물함 근처를 어슬렁거리던 재구가 무슨 기미를 느꼈는지 뒤를 돌아보았다. 가슴이 철렁했다. 다행히 재구는 나를 보지 못한 듯했다. 나는 얼른 화장실로 피했다.

얼마나 지났을까. 재구가 복도를 후다닥 뛰어가는 것이 보였다. 재구의 모습이 사라진 뒤 살금살금 교실 앞으로 갔다. 교실 문은 굳게 잠겨 있었다. 결국 나는 화장실에 숨어서 조회가 끝나기를 기다렸다.

점심시간이 끝나갈 즈음 선생님이 나를 불렀다. 조회에 나가지 않은 이유를 물었다. 배가 아파 화장실에 있었다고 거짓말을 했다. 말을 더듬거리는 나를 선생님이 쳐다보았다. 얼굴이 화끈거리고 다리가 떨렸다.

"공교롭게도 그 시간에 재구가 돈을 잃어버렸어. 네가 난처해질 수도 있다는 걸 알아두렴."

선생님이 나를 믿는다는 것인지, 실토를 하라는 뜻인지 알 수가 없었다. 오후 내내 수업에 집중이 안 되고 마음이 허공을 떠다녔다. 재구도 조회에 늦게 나갔지만 돈을 잃어버린 장본인이었다. 게다가 재구는 머리가 아프다고 오전 내내 보건실에 있었다. 누구라도 범인은 나라고 생각할 거였다.

종례 시간이 되자 선생님이 메모지를 나누어주었다. 나는 선생님과 눈을 마주치지 않으려고 고개를 숙였다.

"도난 사건과 관련해서 본 것, 들은 것 모두 적어야 해. 아무리 작은 것이라도. 돈을 가져간 사람은 지금이라도 돌려주겠다고 적고."

나는 조회 시간에 본 재구의 행동에 대해 적을까 말까 갈등하다 결국 백지를 냈다.

선생님은 우리가 낸 메모지를 살펴본 뒤 모두 복도로 나가라고 했다. 잠시 후 다시 한 명씩 교실로 들여보냈다. 돈을 가져간 사람은 곳곳에 걸어놓은 신발주머니에 돈을 넣으라고, 반성하면 없던 일로 하겠다는 걸 강조했다.

범인이 나오지 않았는지 선생님의 표정이 어두웠다.

"자, 모두 사물함 열어놓고 다시 복도로 나간다."

순간, 머릿속을 스치는 게 있었다. 수행평가를 해주지 않은 하와에 대한 보복! 재구가 분명했다. 물증이 없다뿐이었다.

선생님은 누군가의 사물함에서 돈이 나왔다며 사건을 일단락 지었다. 이 일로 인해 누구든 상처를 받아서는 안 된다고 덧붙였다. 나는 선생님이 나를 다시 부를까 봐 가슴이 조마조마했다.

밤새 잠을 자지 못했다. 학교에도 가기 싫었다. 그렇다고 안 갈 수도 없었다.

그런데 뜻밖에도 하와가 결석을 했다. 상황이 예기치 않은 방향으로 흘러갔다. 아이들은 입을 굳게 다물었다. 진실을 밝히는 것은 오로지 내 몫이었다. 하지만 뒤통수에 달라붙는 재구의 시선을 의식하지 않을 수 없었다.

나는 곧장 집으로 가지 못하고 놀이터로 향했다.

혹시나 했는데 하와가 구덩이 속에 누워 있었다. 햇살이 구덩이 속으로 쏟아졌다.

"또 무덤이냐?"

"너도 왔으니 슬슬 부활해볼까?"

"농담이 나오냐? 결석은 왜 하고 그래? 괜히 의심받게."

"학교에 갔으면 달라지고?"

무언가가 강하게 머리를 때렸다.

"그럼, 넌 처음부터 이렇게 될 걸 알고 있었던 거야?"

"네가 교실로 가고 나서 아차 했어. 교실 문은 내가 잠갔고 너는 열쇠함이 어디 있는지 모른다는 게 생각났거든. 얼른 뒤쫓아 갔는데 열쇠함에 열쇠가 없었어. 누군가가 한발 먼저 교실 문을 열었다는 건데 너는 조회에 나오지 못했잖아. 재구는 늦게 나왔고. 그럼 얘기는 끝난 거지 뭐."

"너 추리소설 써도 되겠다."

"우리 반에서 며칠만 지내면 저절로 알게 돼."

그것이 교실 안의 보이지 않는 규율이자 질서라는 걸 나도 벌써 알아차렸다.

"침묵이 다는 아니라고 봐."

"너, 내 이름의 뜻이 뭔지 아냐?"

"……"

"바람!"

하필 바람이람. 안 그래도 귓속에서 웅웅대는 바람 소리 때문에 미칠 지경인데.

"너, 바람 안 좋아하지? 무서워하거나."

어라, 귀신이 따로 없네.

"걱정 마. 곧 좋아질 거니까."

보자보자 하니까 자식이 아예 나를 갖고 놀라고 하네.

"우리 눈에는 바람이 제멋대로 부는 것 같지만 그렇지 않아. 기다리는 게 바람의 속성이야. 높은 산맥을 오르려면 숨을 돌려야 하는 순간들이 많아. 때로는 짧게, 때로는 길게 숨을 고르면서 산을 올라야 하지. 그 과정에서 삶이 무수한 기다림의 연속이라는 걸 터득하게 되는 거야."

"이번엔 공자님이시냐?"

"마녀가 그랬어."

"마녀?"

"왜, 궁금하냐? 한번 만나볼래?"

"숲 속의 공주라면 몰라도 마녀는 관심 없어."

하와는 나를 놀리려고 작정한 듯 능청을 떨며 앞으로 걸어갔다.

"야! 그냥 가면 어떡해?"

"갈 길이 좀 바빠서."

"어딜 가는데?"

"마녀가 보자고 하네. 우린 마음으로 통하거든."

"하필 마음이 통하는 게 마녀냐?"

"너도 가고 싶으면 가든지. 근데 너처럼 곱상하게 생긴 애는 쥐도 새도 모르게 잡아먹을지도 몰라. 물론 마녀보다 더 무서운 건 뱀이지만."

"마녀든 뱀이든 너는 놔두고 나만 물지는 않겠지."

"난 뱀하고 벌써 일 촌 텄거든?"

저 뱃속에 뭐가 들어 있는 걸까?

우리는 각자의 집에 들렀다가 다시 만나기로 했다. 마침 아빠는 야간 근무조였다.

나는 랜턴 하나만 달랑 챙겼는데 하와는 배낭을 메고 나왔다.

"누가 보면 히말라야 등정이라도 가는 줄 알겠다."

"생각하기에 따라 거긴 히말라야도 되고 알프스도 돼."

"이제는 부처님까지? 나무관세음보살! 그 안에 든 건 뭔데?"

"책. 마녀한테 빌린 거야."

하와는 역시 보통 아이들과는 다른 구석이 많았다.

잡풀 사이를 누비며 산을 올랐다. 키 큰 나무들이 우뚝우뚝 솟아 있었다. 장마와 태풍에도 끄떡없는 푸른 나무들이 새삼 달리 보였다.

네가 바람이라고? 그렇다면 나는 나무다. 어떤 시련이 와도 자기 자리를 지키는 나무처럼 꿋꿋이 살아간다는 뜻이지.

나는 사뭇 고결한 상념에 젖은 채 산을 올랐다. 곧 숨이 찼다. 머리 위에서 다글다글 끓던 해가 자취를 감추었다. 공기가 습해지고 산속의 날은 빠르게 어두워졌다. 가파르게 짙어지는 어둠 속으로 우리는 조심조심 나아갔다. 가랑비가 내리기 시작하더니 흙이 젖은 것은 순식간이었다. 얼마 안 가서 발이 푹푹 빠졌다.

"땅속에서 뭐가 잡아당기는 거 같지 않냐?"

말을 듣고 보니 이상한 기운이 나를 에워쌌다. 하와가 의미를 알 수 없는 웃음을 날리고는 걸음에 속도를 냈다. 아니, 바람처

럼 내달렸다. 나는 죽어라고 달리는데도 하와와의 거리는 벌어지
기만 했다.

"뱀이다, 뱀! 조심해!"

온몸의 털들이 우우우 일어났다. 구불구불한 나무뿌리들이 모
두 뱀으로 보였다. 나는 촉각을 곤두세우고 땅만 보며 걸었다.
한순간에 사위가 조용했다. 하와도 보이지 않았다. 나는 소리
를 높여 하와를 불렀다. 하와는 대답이 없고 메아리만 돌아왔다.
야, 어딨어? 나야말로 어디에 서 있는지 알 수 없었다. 와락 두
려움이 몰려왔다. 랜턴을 켰는데 배터리가 떨어졌다. 사방을 둘
러봐도 길이 없었다. 하필 개구리까지 떼 지어 울어댔다. 숲 전
체가 늪에 잠긴 것 같았다. 개구리 울음은 어느덧 짐승 울음으로
바뀌었다. 그 소리로 인해 숲은 더욱 음산했다. 발소리를 죽였지
만 내 발소리에 자주 놀랐다. 우르릉 꽝음이 나고 번갯불이 번쩍
했다. 나는 걸음을 멈추었다. 눈앞에 커다란 나무 한 그루가 잎
을 활짝 벌린 채 서 있었다. 기세등등한 바람이 한 차례 지나가
자 나뭇잎들이 일제히 몸을 떨며 기괴한 소리를 냈다. 마녀들의
합창! 등줄기가 서늘했다. 찝찔한 것이 입안에 고이고 다리가 꼬
이기 시작할 즈음 희미한 불빛이 보였다. 나는 그쪽을 향해 조심
조심 발을 옮겼다.

"짜잔!"

"깜짝이야. 간 떨어질 뻔했잖아."

"그 정도 갖고 뭘 그래?"

능청스럽게 웃는 하와 뒤로 오두막 한 채가 눈에 들어왔다. 자욱한 비안개 속에서 키 작은 나무들이 어깨를 나란히 한 채 오두막을 감싸고 있었다.

우리는 장미 덩굴로 뒤덮인 담장을 돌아 마당 안쪽으로 들어갔다. 마당 가득 풀과 꽃들이 빗방울을 머금고 있었다. 걸음을 뗄 때마다 잎들이 서로 부딪치며 쏴쏴 소리를 냈다.

드디어 방 앞이었다. 하와가 툇마루에 걸터앉았다. 나는 문틈으로 방 안을 들여다보았다. 기다란 촛대에서 초가 타들어갔다. 나를 인도한 것이 그 촛불이라는 것을 알 수 있었다. 향로와 작은 책상, 벽에 쌓여 있는 책들과 알록달록한 옷을 입고 누워 있는 여자가 보였다.

바로 그 마녀로군!

기척을 들었는지 여자가 서서히 몸을 일으켰다. 그녀는 눈이 부신 듯 연방 눈을 비볐다. 눈이 퀭하고 얼굴에 주름이 자글자글했다.

"하와 왔구나. 친구도 왔네."

"대성이에요."

마녀가 하와와 나를 번갈아 안아주었다. 누군가에게 안겨본 것이 처음인 것처럼 어색하면서도 묘한 온기가 느껴졌다. 곧 우리 셋은 향로와 촛대를 가운데 두고 둘러앉았다.

"너희들, 이게 뭔지 아니?"

평범한 색종이 띠 하나를 가지고 무슨 특별한 것이라도 되는 것처럼 말하다니.

"이게 바로 뫼비우스의 띠라는 거야."

색종이 띠의 중심을 따라가며 마녀가 가위질을 했다. 그녀의 표정이 진지해서 눈을 뗄 수가 없었다.

"이제부터 시작이니까 잘 봐."

띠의 중심을 한 번 더 자르고는 마녀가 가위를 내려놓았다. 뫼비우스의 띠는 둘로 갈라졌지만 두 개의 띠는 이어져 있었다. 마술!

"너희들은 좋은 친구로 보이는구나. 영원히 이 띠처럼 붙어 있게 될 거야."

과연 마녀다운 말이었다.

이번에는 마녀가 향로에서 쑥으로 만든 경단을 꺼냈다.

"이걸 먹기 전에 소원을 빌어라."

혹시 아스테릭스의 물약 같은 건가?

"왜, 겁나니?"

독심술이라도 익혔나? 마녀가 내 마음을 꿰뚫어보았다.

"아, 아뇨."

하와가 경단을 덥석 받아 들었다. 눈을 감고 파키스탄이 어쩌고 웅얼웅얼하더니 그것을 입에 넣었다. 나는 어찌해야 할지 몰라 머뭇거렸다.

"넌 소원 없어?"

순간, 엄마의 얼굴이 떠오르면서 딸꾹질이 시작되었다.

"엄마……"

아무에게도 말한 적이 없는 엄마 이야기가 술술 나왔다. 귓속에서 웅웅대는 바람 소리에 대해서도. 마녀가 내 등을 쓸어주었다. 하와가 경단을 먹으라고 눈짓했다. 경단을 입에 넣자 곧이어 눈앞이 노래지고 머리가 어질어질했다. 먹지 말았어야 했는데. 후회해도 이미 늦었다. 순간, 마녀가 손바닥으로 내 등을 철썩 소리 나게 내리쳤다.

"됐다!"

딸꾹질이 뚝 그쳤다. 마녀와 하와가 깔깔 웃더니 동시에 벌떡 일어났다. 책꽂이의 책들 사이에서 음악이 흘러나왔다. 옛날 전축! 고물 특유의 찌지직 소리가 났다. 마녀와 하와가 손을 맞잡은 채 리듬에 맞춰 춤을 추었다.

"그러고 있지 말고 너도 해봐."

못 이기는 척하고 일어났다. 경단의 효력 때문인지 몸이 절로 리듬을 탔다. 어느 결에 나도 그들과 손을 잡고 엉덩이를 흔들었다. 음악이 그치고, 마녀가 노래를 부르기 시작했다.

……기다려도 기다려도 님 오지 않고 빨래 소리 물레 소리에 눈물 흘렸네.

귀에 익은 선율이었다. 엄마가 나를 무릎에 누인 채 불렀던 노래. 귓속에서 웅웅대는 소리의 실체도 바로 그 노래라는 것을 깨달았다. 그 노래를 다시 들을 수 없을 거라는 불안감, 엄마가 아니면 아무것도 아니라는 헛헛함, 누구도 내 곁에 있어주지 않을 거라는 두려움이 불러낸 환청!

잠에서 깨었을 때 햇살이 환하게 방을 비추었다. 마녀는 보이지 않았다. 머리맡에 밥상이 차려져 있었다. 김이 모락모락 나는 밥과 국, 갖가지 산나물이 가득했다.

"어떻게 된 거야? 할머니는 어디 가셨어?"

"마술!"

하와와 밥을 먹는데 이상한 것이 가슴을 적셨다. 엄마가 떠난 뒤 처음 느끼는 안온함이었다.

"근데 할머니는 어떻게 만났어?"

"산에서. 아빠는 고향이 그리울 때면 날 데리고 산에 갔어. 나도 산에만 가면 답답했던 가슴이 뻥 뚫리고 머릿속도 맑아졌어. 하루는……"

재구가 하와를 점심시간 내내 운동기구 넣어두는 창고에 가두었다가 풀어주었다. 그날 하와는 아무것도 할 수 없고 음식을 먹을 수도 없었다고 했다. 발길이 절로 산으로 향했다고. 산에서 길을 잃고 헤매다가 하필 뱀에게 발을 물렸다는 것이다.

"할머니가 독을 빼주지 않았다면 어떻게 됐을지 몰라."

"생명의 은인이네."

"그런 셈이지."

"할머니는 왜 이런 데서 혼자 살아?"

"자연으로 돌아갈 준비를 하느라고. 참, 전에는 소설가였대."

"정말?"

"지금은 책을 읽기만 해. 무언가를 상상하는 것이 어려워졌다나 봐."

"너야말로 지금 소설 쓰고 있는 거 아냐?"

"물론, 내 꿈도……"

하와가 배낭에서 공책을 꺼냈다. 공책에는 글자가 빼곡했다. 소설이란 이상한 것이었다. 그 말만으로도 사람의 마음을 움직이는 마력을 품고 있었다. 마술과 소설, 소설가와 마녀, 하와와 바람이 모두 한 나무에 달린 열매처럼 조르르 꿰어졌다.

오두막을 나와 얼마쯤 산을 오르자 발아래로 비탈이 펼쳐졌다. 그제야 나는 깨달았다. 오두막이 어젯밤 하와와 내가 오른 산 너머에 있었다는 것을. 등줄기를 서늘케 한 소리가 양돈장에서 흘러나왔다는 것도. 어젯밤 그토록 힘들게 올랐는데 작은 동산에 불과하다니. 무언가에 홀려도 단단히 홀렸던 것이다. 과연 그 오두막이 있었는지도 의심스러웠다. 꿈이라도 꾼 것 같았다.

하와와 나는 마치 약속이라도 한 듯 동시에 앞으로 달려 나갔다. 땀에 쫄딱 젖은 채 점점 빠르게, 힘차게 달렸다.

문득 외롭다 느낄 때 하늘을 봐요…… 혼자선 이룰 수 없죠 세상 무엇도…… 작은 가슴가슴마다……

우리는 고개를 젖힌 채 목청을 돋우었다. 그리고 나란히 서서 오줌을 누었다. 오줌발은 길게 곡선을 그리며 땅으로 떨어지더니, 곧 습기가 되어 공중으로 날아갔다.

"이제 마법에서 풀려난 거 맞아?"

하와가 고개를 저으며 병을 내밀었다.

이번엔 또 웬 병? 이 자식 술수에 넘어가면 안 되는데.

"귀에 대봐."

나는 하와가 하라는 대로 해보았다.

"무슨 소리 안 들려?"

설마 병에서 무슨 소리가 날까 했는데, 아니었다. 아주 작지만 은은한 울림. 그 소리가 가슴을 어루만지고 다독여주었다.

마침내 우리는 아스팔트를 밟았다.

'경기도 광주의 한 스티로폼 제조업체 공장의 야적장에 세워둔 스티로폼 더미에서 불이……'

불은 순식간에 패널로 만들어진 3층짜리 창고를 태우고 옆 건물로 번졌다고 했다. 새벽까지 일을 하고 컨테이너 숙소에서 잠을 자던 한 외국인 노동자가 한국인 노동자를 구하려다 사망했다고. 하와 아빠가 재구 아빠를 구한 거였다.

삶이란 알 수 없는 것이었다. 어제와는 너무 다른 아침을 맞이했다. 무엇보다 엄청난 사건이 내 주변에서 일어났다는 것을 믿을 수 없었다.

장례를 치르는 동안 아빠는 집에 오지 못했다. 하와도, 재구도 학교에 오지 않았다.

하와 말이다, 엄마랑 외갓집으로 간다고 하더라. 전라도 어디에 있는 섬이라던데……

아빠의 말에 딸꾹질이 빨라졌다. 나는 쑥경단을 입에 넣는 상상을 하며 뫼비우스 띠만 만지작거렸다.

밤새 하와 생각을 하느라 잠을 설쳤다. 아침은 그 어느 날보다 더디게 왔다.

"자, 조용 조용! 모두 자리에 앉자."

선생님과 함께 얼굴이 까무잡잡한 아이가 교실로 들어섰다.

"오늘 전학 온 이건우야. 앞으로 사이좋게 지내렴. 자, 건우는 자기소개 해볼까?"

"우리 아빠는 방글라데시……"

"야! 이번에는 방구래."

아이들이 키득거렸다. 선생님이 나가자 아이들이 이건우 주변으로 몰려들었다. 방구 방구, 하고 아이들이 외쳤다. 재구가 교실로 들어온 것은 그때였다. 갑자기 교실 안이 조용해졌다. 아이들이 재구를 쳐다보았다. 재구의 입에서 무슨 말이 나올까 궁금해하는 눈빛이었다. 재구는 말이 없었다. 책을 꺼내지도 않고 바로 책상에 엎드렸다. 누군가의 입에서 하와의 이름이 나왔다. 왜 안 오냐는 말 속에 걱정이 배어 있었다. 더 이상 그 누구도 입을 열지 않았다.

나는 무슨 소리가 나기만 하면 문 쪽을 바라보았다. 하와가 오지 않는다는 것을 생각하기도 싫었다. 나는 하와가 마술을 부릴 때 하는 방법을 썼다. 눈을 감고 숫자 세기. 열을 셀 때까지 하와가 올 거라고 믿으면서. 마침내 하와가 들어오는 것을 보지 않고도 알 수 있었다.

하와는 그새 많이 여위었지만 큰일을 겪은 아이답지 않게 태연했다. 여전히 말도 없었다. 달라진 게 있다면, 아이들에게 마술을 보여주는 것이었다. 하와의 마술은 전보다 더 신기하고 정교했다. 뫼비우스 띠의 인기는 압도적이었다. 틈만 나면 아이들이 하와를 둘러쌌다. 얼마 전까지만 해도 하와를 놀리고 구타했던 아이들이 맞나 의심스러울 정도였다.

5교시가 끝나고 쉬는 시간이 되자 재구가 교실 밖으로 나갔다. 왜 그러는지 은근히 신경이 쓰였다. 수업 종이 울렸는데도 재구는 들어오지 않았다. 선생님은 재구의 자리가 비어 있는 걸 보고도 그냥 넘어갔다. 아무 일도 없었다는 듯이 수업이 진행되었다. 우리에게 필기를 시키고 창문 쪽으로 다가간 선생님이 재구를 본 모양이었다. 재구가 언제부터 저러고 있었느냐고 지나가는 말처럼 물었다. 그제야 아이들도 창문 밖을 내다보았다.

재구가 운동장을 돌고 있었다. 아니, 미친 듯이 달렸다.

다시 쉬는 시간이 되었을 때 재구는 운동장에서도 자취를 감추었다. 아이들은 하와 곁으로 모여들었다.

"오늘 학교 끝나고 우리 집에 갈래?"

"집에 가서 뭐하냐? 햄버거나 피자는 어때? 노래방도 가고."

하와가 나를 쳐다보았다. 너는 어디 가자고 하지 않냐? 라는 눈빛. 그 애 특유의 장난기가 배어 있었다.

"오늘은 꼭 가야 할 데가 있어."

하와가 아이들을 향해 말했다. 눈빛만으로도 나는 그곳이 어디인지 알 수 있었다. 숲 속의 마녀!

종례가 끝나자 우리는 누가 먼저랄 것도 없이 교실을 빠져나왔다. 아이들이 하와를 불렀다. 하와와 나의 눈이 마주쳤다. 하와가 구령대를 가리키며 눈을 찡긋했다.

"저기 달 보여?"

"눈에 보이지 않는다고 달이 없는 건 아니지."

하와가 내 어깨에 손을 얹었다. 우리는 동시에 고개를 들어 하늘을 쳐다보았다. 조금 전까지 맹렬히 빛을 쏘아대던 해가 사라지고 그 자리에 낮달이 떠 있었다.

"장례식장에서 재구가……"

하와 아빠의 영정 앞에서 목 놓아 울더라는 거였다. 약속을 지키지 못해 미안하다면서. 아무도 재구를 말리지 못했다. 재구는 매일 다녀가면서도 하와에게는 눈길도 주지 않았다. 그 와중에 재구의 엄마가 재구를 낳은 지 1년도 채 안 되어 돌아가셨다는 것을 알게 되었다. 그 말을 하는 하와의 목소리가 젖어들었다.

"당분간 내가 없더라도 재구랑 잘 지내라."

나는 고개를 끄덕였지만 과연 그럴 수 있을지는 의문이었다.

돌아서려는 순간, 구령대 아래쪽에서 무슨 소리가 났다. 느낌이 이상했다. 하와와 나는 계단을 내려갔다. 재구가 운동기구 넣어두는 창고 문을 발로 차고 있었다. 재구가 오후 내내 창고에 들어가 있었던 거라는 생각이 스쳐 갔다.

우리가 다가간 것을 알면서도 재구는 돌아보지 않았다.

"그만해."

하와가 재구의 팔을 잡았다.

"꺼져."

"됐어. 이제 그만해."

"놔. 안 놓으면 가만 안 둔다."

하와가 재구의 목덜미에 강펀치를 날렸다. 순식간에 일어난 일이었다. 재구도 하와의 턱을 맞받아쳤다. 기어이 둘의 격렬한 몸싸움이 시작되었다. 나는 이러지도 저러지도 못한 채 엉거주춤서 있었다. 하와가 다시 재구의 배에 발을 내질렀다. 재구가 배를 움켜잡은 채 하와의 허벅지를 가격했다. 앞서거니 뒤서거니 하나가 넘어지면 하나가 덮치고 다시 하나가 일어나면 하나가 또 쓰러뜨리고…… 흙투성이가 된 채 입술이 터지고 눈이 부어오를 때까지 싸움은 그치지 않았다. 결국 둘 다 쓰러져서 일어나지 못했다.

"아저씨, 봤지? 이 새끼가 먼저…… 아니, 미안해. 미안해, 아저씨! 내 말 듣고 있어? 듣고 있냐고? 씨발!"

"네가 왜 우리 아빠한테 미안한데?"

"니가 무슨 참견이야? 너랑 상관없는 일인데."

"우리 아빠야. 그러니까 나도 알 권리가 있어."

"그래. 너네 아빠, 왜 그렇게 가냐고! 씨발, 나한테 아들처럼 찾아오라고 하고선……"

"……"

"아저씨! 거기선 공장 같은 데 다니지 마. 고향 가서 산에도 가고. 안 그러면 내가 이 새끼 죽도록 괴롭힐 거야. 씨발!"

재구의 눈에서 눈물이 뚝뚝 떨어졌다.

"우리 아빠가 뭐랬는지 알아? 너 밥 먹는 거 보면 그렇게 든든할 수가 없더래. 나도 좀 그랬으면 좋겠다고 했어. 그런 거 다 떠나서, 너 이러는 거 보면 우리 아빠가 뭐라고 하겠냐?"

"닥쳐!"

"넌 남을 괴롭힌다고 하면서 결국 너 스스로를 괴롭혀왔잖아. 지금도 그러고 있고."

"닥치라고 이 병신아. 아저씨가 나한테 왜 밥 사줬는지 모르지? 너 괴롭히지 말라고 사준 거야. 용돈도 주고. 너한텐 한 번도 못 줘봤대, 그렇게 많은 돈. 알아? 그런 걸 알기나 하냐고?"

"몰랐어. 하지만 그게 뭐가 중요해? 우리 아빠가 주고 싶어서 줬으면 됐지."

"닥쳐. 닥치란 말이야."

"어제 우리 아빠한테서 전화 왔어. 벌써 파키스탄에 가셨단다. 급하기도 하시지. 나중에 너랑 놀러 오래. 괜찮은 어른 돼서. 정신 똑바로 차리고 살아야……"

"이 새끼가 정말?"

누가 먼저랄 것도 없이 다시 몸싸움이 시작됐다. 엎치락뒤치락
하면서 얼마나 지났을까. 누구의 것인지 모를, 울먹이는 소리가
귀를 때렸다. 솔직히 니가 부러웠어. 부러워할 사람이 그렇게 없
냐? 내가 부럽게? 노래도 잘하고, 아침마다 메추리 알 삶아서 싸
주는 엄마도 있고. 내가 아무리 못살게 굴어도 가만있었잖아. 지
금처럼 좀 덤벼보지, 왜 안 덤볐어? 주먹도 존나 센 새끼가. 나
쁜 새끼! 그래, 난 나쁜 놈이다. 됐냐? 나쁜 놈이랑 어울리려고
하는 넌? 그래, 너 잘났다……

나는 둘에게서 멀찌감치 떨어져 나왔다. 주머니 속의 병을 꺼
내 귀에 대었다. 바람 말이야, 숨을 고르면서 산을 올라. 그 과정
에서 삶이 무수한 기다림의 연속이라는 걸 터득하게 되는 거지.
언젠가 하와가 했던 말이 들려왔다.

발을 딛고 있는 땅이 몇 뼘쯤 높이 솟아올랐다.

하늘나라 입국 절차

별이가 나를 바라보았다. 별이의 까만 눈동자가 촉촉했다. 나는 별이와 눈을 맞출 수가 없었다. 곧 별이를 집에서 내보내야만 했다. 새엄마가 한 달 전에 낳은 아기의 볼에 빨간 점이 꽃처럼 피어났다. 새엄마는 그 빨간 점이 별이의 털 때문이라고 굳게 믿고 있었다.

현관문 열리는 소리가 들렸다. 머릿속에서 삐옹삐옹 사이렌 소리가 났다. 새엄마와 아기가 병원에서 돌아오기 전에 별이와 밖으로 나가려고 했다. 그런데 별이와 노느라고 시간 가는 줄을 몰랐다.

"현모, 뾰리 아직 안 데려다줬어요?"

"……"

나는 별이가 불쌍해요, 라고 말하고 싶었다. 말이 나오지 않았다.

"현모 맘 알아요. 하지만 동생이 아프잖아요."

아기도 소중하지만 나는 별이를 버릴 수 없었다. 아빠는 출장을 가면서 돌아오기 전에 별이를 어디에든 데려다주라고 했다. 내일이 바로 아빠가 오는 날이었다. 그 생각만 하면 나도 모르게 손가락이 입으로 들어갔다.

"또, 또, 손가락 빨면 안 돼요."

초등학교 2학년이 되어서도 아직 그 버릇을 고치지 못했다. 입에서 손가락을 빼는데 눈이 시었다. 나는 눈물을 꾹 참았다. 내가 울면 하늘나라에 있는 엄마가 슬퍼할 테니까. 별이가 눈을 동그랗게 뜨고 또 나를 쳐다보았다.

"데려왔던 곳으로 보내면 되잖아요."

"……"

새엄마는 필리핀 사람이라서 한국말이 서툴렀다. 처음에는 나를 보고 '헌모'라고 했다. 아직도 별이를 '뵤리'라고 부른다. 새엄마의 피부는 까맣지만 크게 쌍꺼풀진 눈과 날씬한 허리는 엄마와 닮았다. 말만 이상하게 하지 않으면 우리 엄마가 하늘나라에서 선탠을 하고 돌아왔다고 믿었을 것이다. 물론 아기가 태어나기 전의 일이었다.

"현모처럼 착한 아이가 뵤리를 데려갈 거예요. 그러니까 걱정마요."

새엄마 말은 틀렸다. 어제도 나는 별이를 공원으로 데려갔다.

별이를 처음 만났던 놀이터보다 사람이 많았다. 나는 별이의 집을 잔디밭에 내려놓았다. 아무것도 모르는 별이가 나를 보고 눈을 깜박거렸다. 나는 나무 뒤에 서서 누가 별이를 데려가는지 지켜보았다. 아무도 별이를 쳐다보지 않았다. 사람들은 거기에 별이가 있는지도 알지 못했다. 별이는 공원에 나온 게 좋은지 이쪽저쪽으로 바삐 돌아다녔다. 별이가 즐거워하는 것을 보면 나도 행복했다. 별이가 갑자기 멈춰 서서 두리번거렸다. 내가 보이지 않으니까 겁을 먹은 것 같았다. 나는 얼른 별이에게 달려갔다. 별이가 나를 보고 폴짝폴짝 뛰었다. 나는 별이를 공원에 두고 올 수가 없었다. 다시 별이의 집을 가슴에 안았다. 엄마를 잃어버린 날이 떠올랐다.

여섯 살 때 나는 엄마를 따라 시장에 갔다. 시장에는 구경할 게 많았다. 엄마가 물건을 사고 있을 때 여기저기 기웃거렸다. 그러다 엄마를 잃어버렸다. 엄마가 보이지 않자 무서웠다. 집으로 돌아가야 한다고 생각했다. 하지만 내가 어느 쪽에서 왔는지 생각나지 않았다. 무조건 큰길 쪽으로 걸어갔다. 엄마가 나를 부르는 소리가 들렸다. 소리가 나는 쪽으로 고개를 돌렸다. 여기야, 여기! 엄마가 나를 향해 손을 흔들었다. 나는 너무 기뻐서 엄마를 향해 달렸다. 엄마도 나에게로 달려왔다. 그때 트럭이 빵빵거렸다. 엄마의 손을 잡으려는 순간, 엄마가 나를 세게 밀었다. 나는 넘어지고 말았다. 그때 트럭이 끽 소리를 내며 멈추었다.

곧 사람들이 몰려오고 주변이 시끄러웠다. 엄마는 보이지 않았다. 경찰차와 구급차가 달려왔다. 누군가가 피투성이가 된 채 구급차에 실려 갔다. 그 사람이 엄마라는 걸 나중에 알았다. 트럭이 엄마를 하늘나라로 보낸 거였다.

요즘 그날이 자꾸 생각났다. 그래서인지 엄마를 잃어버리는 꿈을 자주 꾸었다. 꿈에서 깨면 온몸이 땀으로 젖었다. 별이와 나는 닮았다. 둘 다 겁이 많고 잘 놀랐다. 누구와 헤어지는 것도 싫어했다.

아기가 큰 소리로 울었다. 아기는 배가 고파도 울고 똥을 싸고도 울었다. 새엄마가 아기에게로 달려갔다. 나도 아기처럼 울고 싶었다. 그 생각을 했더니 정말로 눈물이 나올 것 같았다. 새엄마가 우리 아가, 우리 아가, 하면서 아기 볼에 뽀뽀를 했다. 잘 때도 아기만 꼭 껴안고 잤다. 나는 아기가 미웠다. 아기가 태어나기 전에는 새엄마가 내 손을 잡고 필리핀 노래를 가르쳐주었다. 만두처럼 생긴 룸피아도 나랑 같이 만들었다. 아기가 태어나기 전으로 돌아갈 수 있다면 얼마나 좋을까. 아니, 엄마가 하늘나라에 가지 않았더라면 더 좋았을 것이다.

아빠는 늦게 들어오는 날이 많았다. 지방에도 자주 갔다. 아빠와 함께 밥을 먹은 적이 언제인지도 생각나지 않았다. 어쩌다 집에 와도 아빠는 텔레비전을 보거나 아기 옆에서 잠만 잤다. 친구들은 새엄마가 필리핀에서 왔다고 놀렸다. 종례가 끝나면 나는 제일 먼저 교실을 나왔다. 별이를 볼 생각을 하면 가슴이 콩콩

뛰었다.

친구라고는 별이밖에 없었다. 별이마저 없어지면 나는 누구와 놀아야 할까. 맨날 혼자 노는 것보다 죽는 게 낫겠지? 하늘나라에 가면 엄마도 만날 수 있을 테니까. 나는 며칠 전부터 죽는 연습을 했다. 숨을 꾹 참고 버티는 거였다.

나는 별이의 물건들을 챙겼다. 별이의 집과 장난감, 간식을 살 때는 기분이 좋았는데.

별이가 국어책을 갉아먹고 있었다.

"안 돼! 별아."

내가 책을 빼앗자 별이가 두 발로 섰다. 나도 잘못을 저지르면 손들고 벌을 서는데. 별이는 그걸 어떻게 알았을까.

장난꾸러기 별이!

"알았어, 용서해줄게. 딱 한 번만."

별이가 눈을 깜박거리며 나를 쳐다보았다.

"밥 줄까?"

나는 손바닥에 해바라기 씨를 올려놓았다. 별이가 발을 꼬물꼬물하며 해바라기 씨를 집었다. 손바닥이 간지러웠다.

"넌 이제 우리 집을 떠나야 해. 그래서 너를 맡아줄 사람을 찾고 있어."

별이가 해바라기 씨를 오물거리다 뱉었다. 표정도 시무룩했다.

별이와 처음 만난 날을 잊을 수가 없다.

그날 나는 낮잠을 자다 엄마 꿈을 꾸었다. 잠에서 깼는데 엄마가 너무 보고 싶었다. 엄마를 잃어버렸던 시장으로 갔다. 아무리 기다려도 엄마는 오지 않았다. 놀이터 쪽으로 걸어갔다. 그때 찌찌, 소리가 들렸다. 나는 걸음을 멈추었다. 내 발밑에서 황금햄스터가 떨고 있었다. 너 왜 여기 있어? 황금햄스터가 나를 빤히 쳐다보았다. 길을 잃었니? 내가 물었다. 황금햄스터가 고개를 숙였다. 나는 황금햄스터의 머리를 쓰다듬었다. 내가 만져도 도망가지 않는 게 신기했다. 손바닥을 내밀자 황금햄스터가 얼른 그 위로 올라왔다. 곧 몸을 웅크리며 발을 곰지락거렸다. 손이 간질간질하고 머리가 빙글빙글 돌았다. 그때까지만 해도 황금햄스터를 데려올 생각은 하지 못했다. 나는 황금햄스터를 땅에 내려놓고 집 쪽으로 걸어갔다. 마음이 놓이지 않았다. 뒤를 돌아보니 황금햄스터가 나를 졸졸 따라오고 있었다. 기분이 이상했다. 내가 빨리 걸으면 황금햄스터도 빨리 달렸다. 나는 되돌아가 황금햄스터를 안았다. 발을 뗄 때마다 몸이 둥둥 떠올랐다.

그때 나는 알았다. 엄마가 별이를 보내주었다는 것을.

하늘나라에서 왔으니까 별이라고 불러야지. 눈도 별처럼 반짝거리잖아.

별이를 데리고 가자 아빠가 꾸중을 했다. 금방 죽을 걸 왜 또 가져왔어? 전에 한번 학교 앞에서 병아리를 사왔는데 이틀 만에 죽고 말았다. 별이는 안 죽을 거예요. 별이? 네, 이름이 별이에요. 하늘나라에서 엄마가 보낸 거예요. 아빠가 말없이 창문 쪽으로 갔다. 창밖을 내다보는 아빠에게 새엄마가 다가가 무슨 말을 했다. 아빠가 나에게로 왔다. 하룻밤만 데리고 있어. 딱 하루만이야. 나는 고개를 끄덕였다. 하지만 다음 날이 되어서도 나는 별이와 헤어지기 싫었다. 별이를 키우게 해주세요. 부탁이에요. 나는 아빠가 없을 때 새엄마를 졸랐다. 그럼 현모도 내 부탁 들어주세요. 부탁이 뭔데요? 나를 엄마라고 불러주는 거요. 그때까지 나는 새엄마를 안젤라라고 불렀다. 알겠어요. 그렇게 해서 별이를 키우게 되었다. 나는 약속을 지켰는데 새엄마는 지키지 않았다. 아기 때문이었다. 아기는 왜 하필 피부에 병이 생겼을까.

새엄마가 아기에게 젖을 물렸다. 나는 집을 나왔다. 새엄마가 나를 불렀지만 못 들은 척했다. 새엄마는 곧 아기와 꿈나라로 갈 게 뻔했다.

누구에게 별이를 맡겨야 할까.

아랫집에 사는 구둣방 털보 할아버지!

할아버지는 한쪽 다리가 없었다. 커다란 고무가 할아버지 다리였다. 그런데도 할아버지는 언제나 허허 웃었다. 할아버지는 낡은 신발의 굽을 갈고 떨어진 데를 꿰매었다. 고장 난 우산도 끈이 떨어진 가방도 할아버지 손만 닿으면 말짱해졌다. 언젠가 나는 할아버지에게 말했다. 할아버지, 저도 나중에 할아버지처럼 구둣방을 차릴 거예요. 아서라, 이런 거 하면 안 돼. 훌륭한 사람이 돼야지. 의사가 되는 게 어떠냐? 아픈 사람 병도 고쳐주고. 할아버지도 의사예요. 아픈 신발을 고쳐주잖아요. 허허, 녀석. 내가 의사라고? 나한테 그런 말을 해주는 사람은 우리 현모밖에 없다. 너 같은 손자 하나만 있으면 원이 없겠다.

마음씨 좋은 할아버지가 별이를 키워주면 좋을 텐데. 하지만 할아버지는 쿨룩쿨룩 기침을 하고 여기저기 파스를 붙였다. 공짜로 밥을 주는 무지개 밥차가 오지 않는 날에는 컵라면을 먹었다. 힘이 없는 할아버지가 별이를 잘 돌봐줄 수 있을까. 요즘은 구둣방에 손님도 없었다. 어쩌면 별이 먹이를 살 돈이 없을지도 모른다.

나는 곧장 놀이터로 갔다. 놀이터에는 어린아이들이 흙장난을 하고 있었다. 엄마들은 벤치에 앉아 수다를 떨었다.

별이를 보고 아이들이 몰려왔다.

"와! 황금햄스터다."

"귀엽지?"

"한번 만져봐도 돼?"

나는 으쓱해서 만져보라고 했다. 아이들은 별이를 더 많이 만지려고 다투었다. 내가 그만하라고 해도 듣지 않았다.

별이가 스트레스를 받았는지 한 아이의 손을 깨물었다. 아이가 울면서 자기 엄마에게 쪼르르 달려갔다. 곧 그 아이의 엄마가 왔다.

"넌 왜 이런 걸 갖고 나와서 애를 울리니?"

나는 잘못하지도 않았는데 꾸중을 듣는 게 억울했다. 별이도 기분이 나쁜지 수염이 위로 올라갔다.

"난 괜찮아, 별아."

별이가 고개를 끄덕였다. 네가 괜찮으면 나도 괜찮아, 하고 말하는 거였다. 우리는 눈으로 말하고 마음으로 들었다.

"어? 똥 먹는다."

한 아이가 별이를 가리켰다.

"에이 더러워."

"그거 똥 아니야. 식변이야."

"똥인데 뭐."

아이들은 내 말을 믿지 않았다. 별이를 보고 더럽다고 손가락질했다.

"아니라니까."

"똥인데 똥이 아니래."

아이들이 깔깔 웃었다. 나는 화가 났다.

"저리 가. 저리 가란 말이야."

내가 소리를 지르자 아이들이 하나둘 멀어졌다. 어느새 모두 사라졌다.

이제 놀이터에는 나와 별이만 남았다. 밤이 오기 전에 별이를 맡길 사람을 찾아야 할 텐데.

가게에 들러 별이에게 줄 치즈와 해바라기 씨를 샀다. 「탑블레이드」에 나오는 팽이를 사려고 모아둔 돈을 다 써버렸다. 나는 곧 하늘나라에 갈 거니까 이제 팽이도 필요 없다.

별이 집을 들고 돌아다녔더니 팔도 저리고 다리도 아팠다.

별이를 어디에 숨겨야 할까. 그 생각을 하고 있는데 순주네 연탄 창고가 앞에 보였다. 순주네가 이사 간 후 연탄 창고는 늘 비어 있었다. 머릿속에서 반짝 빛이 일어났다.

나는 살며시 창고 문을 열었다. 창고의 벽도 바닥도 시커멨다. 안에는 더러운 물건들이 굴러다녔다. 별이가 먼지를 핥아 먹으면 병에 걸릴지도 모른다.

하지만 여기 말고 별이를 숨길 데가 딱히 떠오르지 않았다. 더 이상 갈 곳도 없었다. 나는 별이를 내려놓았다.

"별아, 조금만 기다려. 곧 돌아올게. 졸리면 자고, 심심하면 쳇바퀴를 돌려. 알았지?"

별이가 두리번거렸다. 내가 손을 흔들어도 쳐다보지 않았다.

"별아, 나도 어쩔 수가 없어. 너도 알잖아. 널 잘 키워줄 사람을 찾고 있으니까 조금만 기다려."

이제 어디로 가야 할까.

걸어가다 보니 비디오 가게 앞이었다. 주인아저씨는 오늘도 반팔을 입고 어휴 열나, 어휴 열나, 했다. 아저씨는 내가 해리 포터를 닮았다며 나를 해리 포터라고 불렀다. 나는 그 별명이 싫지 않았다.

"해리 포터, 무슨 일 있냐? 요즘은 통 만화도 안 보고."

요즘은 만화를 보는 것보다 별이와 노는 게 좋았다. 사실대로 말하면 아저씨가 별이를 싫어할지 모른다. 아저씨가 별이를 키우면 만화책을 빌리러 오는 아이들이 많을 텐데.

"아저씨, 황금햄스터 키우실래요?"

"가게에 파리 날리는 거 안 보이냐? 나 먹고살기도 힘든데 동물은 무슨. 잡아먹을 수 있는 거라면 몰라도."

그런 말을 하는 아저씨를 누가 잡아갔으면 좋겠다. 별이가 잡아먹을 수 없는 동물이라는 게 다행이었다. 나는 아저씨가 보기 싫어 빨리 걸었다.

어느새 뚱뚱이 아줌마네 분식집 앞이었다. 만두 솥에서 김이 모락모락 피어올랐다. 배에서 꼬르륵 소리가 났다. 나는 배에 힘을 꾹 주었다.

"현모야, 동생은 좀 어때?"

"……"

"동생은 다 나았어?"

나는 고개를 저었다.

"엄마한테 내가 안부 묻더라고 전해라. 내가 곧 한국말 가르쳐 주러 간다고 하고."

오늘따라 아기 걱정만 하는 아줌마도 미웠다.

"참, 만두 좀 싸줄 테니까 집에 가서 엄마랑 먹어라."

아줌마가 잠깐 기다리라며 안으로 들어갔다. 주방에서 고양이가 니야옹, 하고 울었다. 고양이는 쥐를 잡으니까 별이도 잡아먹을지 모른다. 아줌마네 만두는 먹고 싶지 않았다. 만두보다 맛있는 룸피아가 생각났다. 요즘은 먹어보지 못했다. 모두 아기 때문이었다.

"얘, 현모야, 현모야. 이거 가져가야지."

아줌마의 목소리가 들리지 않을 때까지 계속 달렸다.

이제 어디로 가지?

'아모르.' 꽃집 간판이 보였다. 걸음이 저절로 꽃집으로 향했다.

화초에 물을 주고 있던 누나가 나를 보고 팔을 활짝 벌렸다. 누나가 친누나였으면 좋을 텐데. 엄마는 왜 누나를 낳아주지 않았을까.

"며칠 사이에 우리 현모 키가 훌쩍 컸네."

누나는 오늘따라 생글생글 웃고 말씨도 상냥했다. 그새 애인이라도 생긴 걸까. 누나는 맨날 애인, 애인 했다. 꽃집 이름 '아모르'의 뜻도 '사랑'이었다. 누나가 별이도 아모르해주면 좋을 텐데.

"현모야, 누나 안 보고 싶었어?"

"……"

"난 니가 보고 싶었단 말이야."

"저도요."

"정말? 아우 이뻐라."

누나가 큰 소리로 말하며 내 볼에 뽀뽀를 해주었다. 거짓말을 하고 뽀뽀를 받은 것 같아 기분이 좋지 않았다.

"들어와서 꽃구경 할래?"

올망졸망 선인장 화분들!

선인장을 보자 사막이 생각났다. 선인장은 사막에서 산다고 과학 시간에 배웠다. 황금햄스터의 고향도 사막이었다.

수분의 증발을 막기 위해 잎을 가시로 바꾼 거랍니다. 몸통에

물을 저장해두지요. 사막에는 낙타도 살아요. 아이들이 와, 하고 소리쳤다. 낙타는 혹 속에 지방이 있어요. 물이 부족할 때 낙타의 몸에서 지방이 분리되어 물로 변한답니다. 그래서 물 없이도 오래 버틸 수 있어요. 황금햄스터도 볼주머니에 먹이를 저장해 두고 먹지요. 선생님, 우리 사막으로 소풍 가요. 지금은 안 돼요. 왜요? 사막은 아주 먼 곳이니까요.

사막은 하늘나라보다 멀까?

"누나, 사막은 얼마나 멀어요?"

"사막? 멀기는? 여기가 바로 사막이야."

"네?"

"결혼도 못한 노처녀가 사는 데가 사막이지 어디겠어?"

누나가 한숨을 쉬었다.

"근데 갑자기 사막은 왜?"

"그냥요."

"얘가 오늘 정말 이상하네."

"누나, 황금햄스터 키울래요?"

"얘, 난 쥐새끼라면 질색이야."

부릉, 소리가 나더니 중국집 형의 오토바이가 멈췄다. 형의 머리는 엊그제 보았을 때보다 더 노래졌다.

"야, 똥자루!"

뭐가 좋은지 싱글벙글 웃으며 형이 나를 불렀다. 내 키가 작다고 놀리는 거였다. 나는 고개를 돌려버렸다.

"쪼끄만 게 어른 말을 씹네."

누나가 형에게 황금햄스터 이야기를 했다. 형이 계속 킬킬거리며 황금햄스터라, 황금햄스터 하면서 누나네 화분을 옮겼다. 형이 맡아준다 해도 형에게는 별이를 맡기지 않을 것이다. 형은 꽃집 누나 앞에서만 살살거렸다. 엊그제는 아이들의 과자를 빼앗아 먹었다. 누나에게 그걸 말하고 싶었다. 하지만 고자질은 나쁜 짓이다.

이제 누구를 찾아가야 할까.

아직 희망은 있다. 우리 선생님!

선생님은 우리에게 동물을 사랑해야 한다고 일러주었다. 마음은 메아리와 같아서 사랑을 베푼 만큼 돌아온답니다. 선생님이 아아아아, 하고 메아리 소리를 냈다.

하늘이 점점 컴컴해졌다. 별이는 잘 있을까. 나는 창고를 향해 빨리 걸었다.

그새 별이의 털이 까매졌다. 연탄 가루 때문이었다.

"별아, 목욕하자."

내가 목욕 모래를 넣어주자 별이는 신이 나서 뒹굴었다.

"실컷 뒹굴어. 털이 깨끗해질 때까지."

부드러운 털, 똘망똘망한 눈과 분홍색 코는 언제 봐도 귀여웠다. 별이는 낮에는 잠을 자고 밤이 되면 바쁘게 움직였다. 터널속에 들어가고 사다리도 탔다. 별이가 쳇바퀴 돌리는 소리는 자장가처럼 들렸다.

이렇게 귀여운 별이를 사람들은 왜 싫어할까.

"별아, 오늘 밤엔 너 혼자 여기 있어야 하는데 어떡하지?"

별이가 알았다고 눈으로 말했다. 별이와 이렇게 재미있게 놀 시간도 얼마 남지 않았다. 별이도 그걸 아는지 자꾸 장난을 쳤다. 가여운 별이!

내일은 일기장 검사를 받는 날이었다. 선생님은 일기에 부탁을 쓰면 들어주었다.

'선생님, 저는 하늘나라에 갈 거예요. 그런데 별이를 맡길 사람이 없어서 못 가고 있어요. 그러니까 선생님이 별이를 꼭 맡아 주세요.'

글씨가 삐뚤빼뚤했다. 지우고 쓰고 또 지우고 다시 썼다. 결국 늦게 잠이 들었다. 알람 소리를 듣지 못했다. 내가 깰 때까지 새 엄마도 아기와 함께 쿨쿨 자고 있었다. 나는 밥도 먹지 않고 집을 나왔다.

"현모 왜 지각했어?"

"늦잠을 잤어요."

"좋은 꿈을 꾸었나 보네."

일기를 쓰느라고 늦게 잠들었어요. 나는 속으로만 말했다.

1교시가 끝나고 쉬는 시간이 되자 옆반 선생님이 우리 선생님을 불렀다.

"여러분, 조용히 공부하고 있어야 해요. 조금 있다 돌아올게요."

아이들은 선생님이 내준 과제를 하지 않고 떠들기만 했다. 반

장이 조용히 하라고 칠판을 땅땅 쳤다. 아이들은 반장 말을 안
듣고 축구공을 찼다. 내 머리에 공이 날아왔다. 아파서 눈물이
핑 돌았다.

"너 동생 태어났다며?"

"……"

"새카맣지, 그렇지?"

나도 모르게 얼굴이 뜨거워졌다.

"쟤, 얼굴 빨개지는 거 봐."

"꼬추도 빨개졌을 거야."

아이들이 배를 잡고 웃었다. 정말 내 고추도 빨개졌을까.

이럴 때는 별이를 생각하면 기분이 좋아졌다. 하지만 오늘은
별이가 걱정되었다. 아침에 늦게 일어나 창고에 가지 못했다.

2교시가 끝났을 때 선생님이 돌아왔다. 선생님 얼굴은 흐림이
었다. 선생님은 아무 말도 하지 않고 창밖만 내다보았다. 성취도
평가를 보는 날 우리 반은 소풍을 갔다. 다음 날 교장 선생님이
선생님을 불렀다. 교장 선생님은 왜 자꾸 우리 선생님을 부를까.

날씨는 맑음. 선생님 얼굴도 차차 맑아지겠지.

별이 기분은 구름일까, 맑음일까. 나는 종례 시간이 오기만 기
다렸다.

"오늘 일기장 내는 거 알지요?"

"안 내면 안 돼요?"

"싫은 사람은 안 내도 돼요."

종례가 끝나자 아이들이 교실 밖으로 뛰어나갔다. 나는 아이들이 모두 돌아갈 때까지 복도에 서 있었다. 선생님은 일기장 검사를 하지 않았다. 책상 위에 쌓여 있는 종이 뭉치만 뒤적거렸다.

드디어 선생님이 고개를 돌렸다. 선생님과 눈이 마주쳤다. 나는 어떻게 해야 할지 몰라 고개를 숙였다. 선생님이 복도로 나왔다.

"현모, 왜 아직 집에 안 갔어?"

"……"

"무슨 일 있니?"

내가 머뭇거리자 선생님이 내 손을 잡았다.

"말해봐. 무슨 일이야?"

"황금햄스터 때문에요."

"난 또 뭐라고. 황금햄스터 얘기라면 나중에 하자. 지금은 내가 좀 바쁘단다."

선생님은 어제도 바빴고 오늘도 바쁘고 내일도 바쁠 것이다. 너무 바빠서 별이와 놀아줄 시간이 없을지도 모른다.

화단으로 나오자 산들, 바람이 불어왔다. 제비꽃이 보라색 꽃몸을 흔들었다. 팔랑팔랑 날아온 민들레 홀씨가 코를 간질였다. 해님이 이마에 내려앉았다. 따뜻해서 그런지 잠이 왔다.

잠들면 안 되는데, 별이를 맡기러 가야 하는데……

사막의 모래언덕에 나무 한 그루가 서 있다. 별이가 그 나무 주변을 돌고 있다. 참새 한 마리가 나무 위에서 짹짹 울며 날개를 파닥거린다. 어디서 나타났는지 커다란 족제비가 별이 곁으로 다가간다. 별이가 아기 참새처럼 구구거리며 달아난다. 나는 별이를 잡으려고 팔을 뻗는다. 별이가 더 멀리 가버린다.

이상한 꿈이었다. 머릿속에서는 아직도 사막의 모래가 풀풀 날렸다. 별이에게 무슨 일이 생긴 건 아닐까.

창고를 향해 달렸다. 구름이 울상을 짓고 모여들었다. 옷 속으로 바람도 들어왔다. 몸이 덜덜 떨렸다. 나는 자꾸 넘어졌다. 옷이 찢어지고 무릎에서 피가 났다.

창고에 도착했는데 별이가 보이지 않았다. 별이의 집은 문이 열린 채 넘어져 있었다. 물통도 엎어지고 쳇바퀴도 뒤집어졌다. 여기저기 흩어진 옥수수와 해바라기 씨는 먼지가 묻어 시커멨다.

누가 그랬을까? 별이를 혼자 두고 화단에서 잠이나 자다니. 내 잘못이었다.

"별아, 별아! 어디 있는 거야?"

나는 별이를 부르며 구석구석을 뒤졌다. 상자와 돌멩이, 비닐봉지만 보였다.

"돌아와! 별아."

밖에서 중학생 형들이 떠드는 소리가 들렸다.

혹시 저 형들이 우리 별이를 데려갔을까?

나는 형들에게 물어보고 싶었다. 하지만 형들이 돈을 내놓으라고 할지 모른다. 저번에도 그랬는데 돈이 없다고 하자 내 머리를 쥐어박았다.

나는 문 옆에 붙어 서서 꼼짝하지 않았다. 밖이 잠잠해졌다. 문틈으로 밖을 내다보았다. 형들이 보이지 않았다. 다행인 것도 같고 아닌 것도 같았다. 나는 벽에 기대어 앉았다. 별이의 쳇바퀴를 돌려보았다. 도르르 도르르 소리가 났다.

이제 어떻게 해야 할까.

곧 집으로 돌아가야 할 시간이었다. 밖에는 검은 구름이 몰려와 있었다.

나는 숨을 참는 연습을 했다. 1초, 2초…… 더 이상 참을 수가 없었다. 푸, 하고 숨을 쉬는 순간 뒤쪽에서 찌찌, 소리가 났다. 돌아보니 별이가 그루밍을 하고 있었다.

"별아!"

내가 손을 내밀자 별이가 얼른 손바닥으로 올라왔다.

"미안해, 별아. 다시는 널 잃어버리지 않을게. 약속!"

나는 별이를 꼭 안아주었다. 별이의 몸이 따뜻했다. 내 몸도 따뜻해졌다.

"오늘 밤에도 여기서 혼자 놀아야 해. 내일은 토요일이니까 아침 일찍 올게."

빗방울이 떨어졌다. 나는 가방을 머리에 이고 집을 향해 걸었다. 오토바이 소리가 났다. 나는 형과 마주치기 싫어서 빨리 걸었다. 그런데 형이 내 앞에 오토바이를 세웠다.

"야, 똥자루! 타라. 집에 바래다줄게."

"……"

"비도 오는데 타라니까."

"……"

"얘가 꿀 먹은 벙어리네. 참, 너 사막에 가고 싶다고 했다며?"

사막 소리에 귀가 번쩍 뜨였다. 나는 고개를 끄덕였다.

"사막에 데려다줄까?"

"사막은 멀어서 갈 수 없잖아요."

"이 오토바이 안 보이냐? 이게 얼마나 빠른지 알지? 이거 타고 가면 사막까지도 얼마 안 걸려."

"정말 데려다줄 거예요?"

"그럼, 내가 거짓말하는 거 봤냐?"

형이 이렇게 좋은 사람이었다니.

"언제 갈래?"

"빨리요."

"성질 하나 되게 급하네. 좋아! 근데 공짜는 안 되는 거 알지?"

"얼만데요?"

"오만 원."

그렇게 비싸다니. 사막에 가기는 틀렸다.

"뭘 그렇게 놀라냐? 사막까지 가는 건데. 사막은 입국 절차가 좀 까다롭거든. 뭐 말만 잘 들으면 깎아줄 수도 있어."

"입국 절차가 뭐예요?"

"그러니까 뭐냐, 다른 나라에 가려면 거쳐야 되는 거. 천당 가려면 착한 일을 해야 하는 것처럼. 아무튼 사막에서는 주머니가 있어야 되는 거 알지? 주머니 중에는 돈주머니가 최고야."

형은 알쏭달쏭한 말만 했다. 휘파람을 불면서 오토바이에 시동을 걸었다. 부릉부릉 소리를 낸 뒤 오토바이가 쌩쌩 달렸다.

아무도 별이를 맡아주지 않는다면 방법은 하나밖에 없다. 사막!

거기 가면 별이의 친구들이 많겠지?

하지만 그렇게 많은 돈을 어떻게 구한담?

새엄마 지갑!

나쁜 생각을 하자 가슴이 두근거렸다. 하지만 별이를 사막에 보내려면 어쩔 수 없었다. 새엄마는 싱크대 서랍에 지갑을 넣어 두었다. 나는 지갑을 떠올리며 달렸다. 가슴은 쿵쿵, 다리는 후들후들!

나는 저녁도 먹지 않고 잠든 척했다. 새엄마가 빨리 잠들기만 바랐다. 하지만 새엄마는 잠들었다가도 아기가 깨면 일어났다. 기다리다 내가 먼저 잠이 들었다.

깨어나 보니 주변이 깜깜하고 조용했다. 불을 켜고 거실로 나갔다. 새엄마가 방에서 나왔다.

"현모 왜요?"

"아, 아무것도 아니에요."

"목말라요?"

아니,라고 말하고 얼른 내 방으로 돌아왔다.

잠깐만 자고 일어나야지 했는데 너무 많이 자고 말았다.

"현모 일어나서 밥 먹어요. 벌써 10시가 넘었어요."

바보처럼 늦잠을 자다니. 세수를 하는 동안 새엄마가 밥을 차렸다. 나는 밥을 먹고 싶지 않았지만 식탁에 앉았다.

"꼭꼭 씹어서 다 먹어야 해요."

새엄마가 아기 목욕통을 들고 안방으로 들어갔다. 드디어 기다려 온 시간이 왔다. 나는 살금살금 싱크대 서랍을 열었다. 지폐와 동전을 모두 주머니에 넣었다. 심장이 빠르게 뛰었다.

집을 나와 큰길 쪽으로 달렸다. 주머니에서 동전이 짤랑거렸다. 해님이 머리 위에서 웃고 있었다. 하지만 나는 해님을 쳐다볼 수 없었다. 이럴 줄 알았으면 동전은 두고 나올 걸 그랬다.

어느새 구둣방 앞까지 왔다. 쿨룩쿨룩 할아버지의 기침 소리가 들렸다. 할아버지와 이야기를 하면 기분이 좋아질 텐데. 하지만 엄마 지갑에서 돈을 훔친 걸 알면 할아버지도 나를 싫어할 거였다.

"현모야, 어딜 그렇게 바삐 가냐?"

"아, 아무 데도 안 가요."

"그럼 이리 들어오너라."

나는 주머니 속의 동전을 꼭 쥐고 구둣방 안으로 들어갔다. 구두약 냄새가 났다. 나는 그 냄새가 좋았다. 그 약을 바른 구두들은 반질반질 윤이 났다. 그새 할아버지의 주름살은 더 많아졌다. 몸도 더 말랐다. 할아버지가 컵라면을 꺼냈다. 할아버지의 손은

쭈글쭈글했다. 손톱도 까맣고 울퉁불퉁했다.

"너도 같이 먹자."

"전 안 먹을래요."

"너 어디 아픈 거 아니냐? 얼굴이 왜 그래?"

"별이 때문에요."

"네가 키우는 그 작은 쥐 말이냐?"

나는 고개를 끄덕였다.

"작은 쥐가 왜?"

"아기가 별이 털 때문에……"

"그래? 그럼 내가 작은 쥐를 키워주마."

"정말요?"

"그럼, 나도 심심한데 친구 하면 되지."

역시 할아버지밖에 없다. 가슴이 통통 튀었다.

"그러면 너도 별이 보러 자주 놀러 올 거 아니냐?"

"전 못 갈 거예요."

"왜?"

"저는 하늘나라에 갈 거거든요."

"그게 무슨 말이냐?"

나는 할아버지에게 사실대로 말했다. 할아버지는 현모가 많이
외로운가 보구나, 하며 허허 웃었다.

"너, 죽는 게 뭔지나 아냐?"

"네, 숨을 쉬지 않는 거요."

"그 말도 맞긴 하구나."

할아버지가 내 손을 꼭 잡아주었다. 저녁에 별이를 데리고 집으로 오라고 했다.

나는 창고를 향해 달렸다. 주머니 속에서 동전 부딪치는 소리가 났다. 아까처럼 떨리지 않았다. 동전은 도로 새엄마 지갑에 넣어둘 것이다.

"이제 됐어, 별아! 할아버지가 널 잘 보살펴줄 거야. 할아버지는 정말 좋은 분이거든."

별이가 폴짝폴짝 뛰며 재롱을 부렸다. 이제 별이의 재롱을 볼 시간도 얼마 남지 않았다. 나는 별이를 공원에 데려갔다. 별이 집을 내려놓고 문을 열어주었다. 별이가 잔디 위에서 빙글빙글 돌았다. 나는 시간이 빨리 가기를 바랐다.

드디어 할아버지 집 앞이었다.

"할아버지, 할아버지!"

안에서 아무 소리도 나지 않았다. 문을 두드려도 소용이 없었다. 나는 문을 밀어보았다. 문이 스르륵 열렸다.

할아버지는 입을 벌린 채 자고 있었다. 코도 골지 않았다. 나는 할아버지가 빨리 깨어나기를 바랐다. 할아버지는 재미있는 꿈을 꾸는가 보았다. 시간이 지나도 일어날 생각을 하지 않았다. 별이도 가만히 엎드려 있었다. 나는 별이를 사이에 두고 할아버지와 나란히 누웠다. 눈에 아지랑이 같은 것이 아른거렸다.

눈을 떠보니 방 안이 컴컴했다. 기분이 이상하고 무서웠다. 별이가 할아버지 옆으로 갔다. 다시 돌아와 내 손을 물면서 찌찌, 찌찌 했다. 빨리 할아버지를 깨워, 라고 말하는 거였다.

"할아버지, 일어나보세요. 빨리요. 별이를 데리고 왔어요."

나는 할아버지의 팔을 잡고 흔들었다. 할아버지의 팔이 차가웠다. 내가 손을 떼자 할아버지 팔이 바닥으로 툭 떨어졌다. 순간, 할아버지에게 무언가 좋지 않은 일이 일어났다는 걸 알 수 있었다.

갑자기 배가 아프고 오줌이 마려웠다.

"빨리 일어나세요. 할아버지, 일어나시라니까요!"

할아버지에게 숨을 쉬라고 말하는데 눈물이 나왔다.

"별이를 키워주신다고 했잖아요!"

별이가 할아버지 배 위로 올라가서 걸어 다녔다.

"별아, 그러면 안 돼."

불을 켜려고 스위치를 찾았다. 스위치는 보이지 않았다. 대신 밖에서 무슨 소리가 났다. 누가 문을 두드리는 소리였다.

"현모, 문 열어요. 거기 있는 거 다 알아요. 문 열라니까요. 빨리요."

새엄마의 목소리였다. 내가 여기에 있는 걸 어떻게 알았을까. 돈을 훔친 걸 알고 잡으러 왔으면 어떡하지? 혹시 할아버지가 일렀을까. 아니, 할아버지는 그러실 분이 아니었다. 나는 비키니 옷장 속으로 들어갔다. 순간, 바지가 젖어버렸다는 걸 깨달았다.

"아빠가 현모 좋아하는 팽이 사왔어요."

"……"

"보리도 키울 수 있어요. 동생 나을 때까지 삼촌 집에 맡기면 돼요. 그러니까 현모, 빨리 문 열어요."

별이가 찌찌, 소리를 내며 문 앞으로 갔다. 나도 모르게 엄마, 하고 불렀다. 하지만 말이 나오지 않았다. 엄마, 엄마……

또자는 어디로 갔을까

이틀이나 또자에게 가지 못했다. 날씨가 춥기도 했지만 열이 나고 어지러웠다. 어제저녁에도 약을 먹은 뒤 곧 잠이 들어버렸다. 또자 생각을 많이 해서인지 꿈에서 또자를 보았다. 또자가 얼음판 위에서 잠들어 있었다. 험상궂게 생긴 거인이 또자 근처에서 어슬렁거렸다. 나는 거인을 향해 돌멩이를 던졌다. 거인이 피를 흘리며 쓰러지기를 바랐다. 그런데 거인이 나를 향해 뚜벅뚜벅 걸어왔다. 조금 전보다 그의 키가 더 커 보였다. 또자를 괴롭히면 가만두지 않을 거야. 나는 거인을 향해 큰 소리로 말했다. 어디서 그런 용기가 났는지 알 수 없었다. 거인이 점점 가까이 다가왔다. 나는 거인에게 죽여버릴 거라고 다시 소리쳤다. 내 목소리에 놀라 잠이 깼다.

맨 처음 또자를 만났을 때 또자는 우리 집 앞에서 자고 있었다. 나는 또자가 깨어날 때까지 기다렸다가 집으로 데려왔다. 알고 보니 또자는 잠꾸러기였다. 시도 때도 없이 잠을 자서 '또자'라고 이름을 지어주었다. 또자가 듣지 못하는 개라는 걸 알았을 때 나는 또자에게 말했다. 또자, 넌 행운아야. 세상의 모든 소리가 다 좋은 소리는 아니니까. 또 세상에서 가장 행복한 시간은 잠자는 시간이잖아.

두 달 전 우리는 빈집에 또자를 혼자 남겨두고 이사를 왔다. 헤어지면서 나는 또자와 약속했다. 매일 와서 놀아주겠다고. 나는 학교가 파하면 또자에게 달려갔다. 또자의 몸은 전보다 홀쭉해졌지만 눈만은 여전히 초롱초롱했다. 또자는 나를 보면 꼬리를 흔들고 안아주면 혀로 내 입술을 핥았다. 새근새근 또자의 숨소리는 언제 들어도 좋았다. 사흘 전 또자와 헤어져 집으로 돌아오는데 또자의 울음소리가 내 뒤를 따라왔다. 눈물이 핑 돌았다. 골목을 달려 나오면서 속으로 말했다. 미안해, 또자. 내일 다시 올게. 그런데 약속을 지키지 못했다. 오늘은 무슨 일이 있어도 또자를 만나러 갈 것이다. 방학이라서 다행이었다.

아침을 먹으면서 나는 아빠에게 우리가 살았던 집은 어떻게 될 것인지 물었다.

"곧 허물어지겠지."

"언제쯤이요?"

"그걸 내가 어떻게 알겠냐."

집이 허물어지기 전에 또자를 데려와야 하는데 걱정이었다. 두 달 전보다 우리 집 형편은 나아지기는커녕 더 나빠졌다. 엄마는 아빠를 탓하고 아빠는 어쩌다 보니 일이 안 풀렸을 뿐이라고 했다. 어떻게 보면 모두 재개발 때문이었다.

우리 동네에 재개발 붐이 일어난 것은 2년 전이었다. 그것은 우리 동네와 조금 떨어진 곳에서부터 시작되었다. 어느 날부터인지 철거반들이 들락거렸다. 집집마다 이삿짐을 싸서 줄줄이 동네를 떠났다. 사람들은 모이기만 하면 딱지가 어떻고 하며 수군거렸다. 초등학교 4학년이었던 나는 그런 이야기에 귀를 기울이지 않았다. 어른들의 표정으로 보아 좋지 않은 일이 일어나고 있다는 것만 짐작했다. 이사를 가지 않고 버티다 구타를 당하고, 죽은 사람도 있다는 소문이 들렸다. 낮이고 밤이고 불도저들의 굉음이 들렸다. 그 소리가 커서 귀가 아플 정도였다. 작업복을 입은 인부들이 우르르 몰려다니며 쇠로 된 장비들을 휘둘렀다. 나는 창문에 매달려 담장 너머 멀리서 일어나는 광경을 훔쳐보았다. 괴물 같은 불도저들이 쓸고 지나가면 집들은 장난감처럼 부서져 내려앉았다. 줄지어 들어선 덤프트럭들이 폐기물을 싣고 어디론가 떠났다. 집들이 하나둘 허물어지더니 어느 순간 감쪽같이 사라져버렸다.

텅 빈 땅에 머지않아 아파트가 들어선다고 했다. 하지만 우리에게 그곳은 신기루일 뿐이었다. 그 동네처럼 우리 동네도 곧 헐릴 거라고 했다. 이사를 가야 한다는 통보를 받았을 때 엄마와 아빠가 한숨을 쉬었다. 이주비가 나오지만 지금보다 훨씬 작은 집으로 가야 한다고. 작은 집으로 가면 내가 또자를 안고 자야 겠다고 생각했다. 이사를 가면서 개를 버리는 집이 많았다. 개들은 안락사를 당한다고 했다. 미처 발견하지 못한 개들은 집과 함께 압착기에 납작하게 눌려 형체도 없어진다고. 그때까지만 해도 나는 또자를 버리고 갈 거라고는 생각지도 못했다. 그런데 이 삿짐을 싸면서 아빠가 말했다. 또자는 여기 두고 가는 수밖에 없어. 안 돼요. 또자를 죽게 할 수는 없어요. 지금은 또자가 문제가 아냐. 여기 두고 간다고 꼭 또자가 죽으란 법도 없고. 죽고 사는 건 다 자기 팔자야. 나중에 더 좋은 놈을 사주마. 안 돼요. 안 된대도.

결국 나는 또자를 데려오지 못했다. 그런데 아빠가 이주비를 털어 시작한 일이 잘 안 되어 보증금까지 날렸다. 30만 원짜리 월세방에서 사는 것조차 어려워졌다. 달방으로 가는 수밖에 없어. 그 말이 무엇을 뜻하는지 나는 알지 못했다.

궁전여관! 이름과는 달리 건물 안팎이 거무칙칙하고 방에서는 퀴퀴한 냄새가 났다. 탁자와 의자를 들여놓자 세 식구가 눕기에도 좁았다. 탁자 위에 텔레비전만 덩그러니 올려놓았다. 보증금 없이 달마다 돈을 내는 방을 사람들은 달방이라고 불렀다.

이사 온 날 주인은 우리 가족에게 여관의 구조에 대해 말해주었다. 2층으로 올라가는 계단이 검게 그을려 있었다. 며칠 전 투숙객이 휴대용 버너를 사용해서 불이 났다고 했다. 취사는 절대 안 돼요. 아빠는 알았다고 대답했다. 그럼 밥은 어떻게 먹어? 엄마가 아빠를 쨰려보았다. 사 먹으면 되지. 아빠는 그런 건 대수로운 일이 아니라는 듯 말하면서 웃었다. 옥상으로 통하는 비상계단에는 잡동사니가 잔뜩 쌓여 있었다. 완강기가 설치되어 있는 창문은 쇠창살로 가로막혔다. 도둑맞을 일은 없겠네. 아빠가 또 실실 웃었다. 하지만 우리는 이사 온 지 이틀 만에 텔레비전을 도둑맞았다. 텔레비전을 줄로 엮어서 밑으로 내리는 것을 보았다는 사람이 있었다. 출동한 경찰은 픽 웃고 돌아갔다. 구식 텔레비전 따위는 얼마든지 없어져도 된다는 것인지, 그런 걸 훔친 도둑을 찾아다닐 만큼 한가하지 않다는 것인지 알 수 없었다. 둘 다인지도 모른다. 돌아간 뒤 소식이 없는 걸 보면 내 추측이 맞는 거였다. 이런 데서 어떻게 살아? 그런 거 다 따져가면서 살 수는 없잖아. 보증금만 마련하면 이사 간다니까. 달방으로 이사 온 뒤 엄마와 아빠는 툭하면 싸웠다. 결국 엄마는 병원에서 먹고 자는 간병 일을 시작했다. 엄마는 일주일에 한 번 집에 왔다. 갈아입을 옷을 가져가기 위해서였다. 오늘은 엄마가 오는 날이었다.

엄마가 오기 전에 또자에게 다녀와야 하는데 아빠 때문에 쉽지 않았다. 아빠는 회사에 다니는 것도 아니면서 빨간 날에는 쉬었다. 요즘은 주 5일제라면서 토요일에도 나가지 않았다. 하필 오늘이 토요일이라니. 나는 벌써 몇 시간째 책을 펼치고 있었지만 글자가 눈에 들어오지 않았다.

"내가 어렸을 땐 말이다. 연탄을 때고 살았거든."

요즘 아빠의 에너지는 모두 입으로 쏠린 듯했다. 한번 말을 시작하면 끝이 없었다. 그것도 대부분 아빠가 살아온 이야기였다. 연탄가스를 마셔서 죽을 뻔했는데 동치미 국물을 마시고 살아난 일이며 형들 옷을 물려받아 입었고, 신발은 밑창이 다 닳을 때까지 신었다는 식이었다.

나는 아빠의 말이 귀에 들어오지 않았다. 나의 관심은 오로지 또자뿐이었다. 하지만 아빠는 내가 밖으로 나갈 틈을 주지 않았다. 내 눈을 보면서 말을 했다.

"그때에 비하면 지금이야 세상 참 좋아졌지."

세상이 좋아지면 뭐하나. 컴퓨터 하나 없는 집은 우리 집밖에 없을 것이다. 요즘은 숙제도 컴퓨터가 있어야 할 수 있었다. 피시방에는 가고 싶지 않았다. 친구들과 게임하러 가는 거라면 몰라도 거기서 숙제를 하는 것은 창피했다.

"너, 내 말 듣고 있는 거냐?"

"……"

아빠는 또 할아버지의 양계장 이야기를 시작했다. 닭들이 낳은 알을 거둬들이고 닭똥을 치우느라 공부할 시간이 없었다고.

"……"

"내가 그때 공부를 했더라면 이렇게 살지는 않았겠지."

아빠의 말은 매번 오락가락했다. 공부하기 싫어서 양계장을 기웃거리다 할아버지에게 혼이 났다고, 그런 일이 한두 번이 아니라고 한 게 엊그제였다.

"그러니까 넌 공부를 열심히 해야 돼."

나는 할 말이 없었다. 아빠도 대답을 들으려고 한 말 같지는 않았다.

"재미있는 이야기 하나 해줄까?"

"……"

"어느 날 형이랑 걸어가는데 하늘에서는 새가 날고 들에서는 소가 풀을 뜯고 있는 거야. 내가 형한테 물었지. 왜 소는 날지 못할까? 그때 하필 새가 형 머리에 똥을 쌌어. 새똥을 닦으면서 형이 뭐랬는지 아냐?"

나는 대답 대신 고개를 저었다.

"소가 날아서 똥을 쌌으면 큰일 날 뻔했네."

아빠는 혼자 말하고 혼자 웃었다.

"웃기지 않냐?"

이런 말이나 하고 있는 아빠는 나이를 거꾸로 먹는지도 모른다. 엄마도 늘 자기는 아들이 둘이라며 한숨을 쉬었다. 내가 대답하지 않자 아빠가 또 물었다. 나는 귀찮아서 웃기다고 했다.

마침 아빠의 휴대폰이 울렸다. 드디어 밖으로 나갈 기회가 온 거였다. 얼른 파카를 걸치고 목도리를 둘렀다. 살금살금 밖으로 나왔다. 눈이 부셨다. 순간, 또자의 간식을 챙기지 못한 걸 깨달았다. 다시 들어갔다간 아빠에게 붙잡힐지도 모른다. 하지만 또자가 좋아하는 오리 슬라이스를 포기할 수는 없었다. 나는 다시 집으로 들어갔다. 아빠는 여전히 통화 중이었다. 무슨 일을 벌일 때면 아빠의 통화가 길어졌다. 엄마는 아빠가 또 사고를 치면 이혼한다고 했다.

가방 속에 감추어둔 간식을 가지고 집을 나왔다. 몇 걸음 가지 않아서 무슨 소리가 났다. 나도 모르게 몸이 움츠러들었다. 며칠 전에도 우리 반 애가 바로 앞을 지나갔다. 나는 모자를 푹 눌러 쓰고 도망쳤다. 내가 이런 데서 사는 게 알려지면 친구들이 나를 놀리고 왕따시킬 게 뻔했다. 나는 얼른 담 뒤에 숨었다.

동네 형들이 고양이를 묶어놓고 낄낄거렸다. 형들은 또 무슨 짓을 하려는 것일까. 얼마 전에는 고양이 입에 썩은 고기를 억지로 쑤셔 넣었다. 엊그제만 해도 고양이를 거꾸로 매달아놓고 주먹질을 해댔다. 고양이 머리의 피딱지도 그때 생긴 게 분명했다. 형들이 돌아가며 고양이를 발로 차고 땅에 짓찧었다. 기다란 막대기로 배를 쿡쿡 찌르기도 했다. 기어이 고양이가 널브러졌다. 삐쩍 마른 형이 고양이 등을 밟자 뚱뚱한 형이 막대기로 고양이 똥구멍을 쑤셔댔다. 고양이가 몸을 버둥대며 울었다. 나는 더 이상 그 광경을 볼 수가 없었다. 눈을 감았다. 빨리 여기를 벗어나 또자에게 가고 싶었다. 하지만 하늘에서 낙하산이 내려오지 않는 한 그것은 불가능한 일이었다. 형들은 고양이를 걸어차고는 마주 보며 또 낄낄댔다. 그러다 나를 본 듯했다. 순간, 손에 진땀이 났다. 둘이 무슨 사인을 주고받더니 소매를 걷어 올렸다. 어느새 어깨를 나란히 하고 나를 향해 걸어왔다. 조금 전까지 고양이를 괴롭히던 그들이 이번에는 나를 표적 삼아 똘똘 뭉쳤다.

곧 내 머리통에 주먹을 날릴 기세였다. 잡힐 때 잡히더라도 도망이나 치고 보자 싶었다. 하지만 두세 걸음도 떼지 못하고 넘어졌다. 이제 죽었구나, 했다. 그런데 형들은 나를 때리는 대신 내 몸에 코를 대고 킁킁거렸다. 아이들에게 삥을 뜯을 때 하는 몸짓이었다. 나는 한 발 한 발 뒤로 물러섰다. 삐쩍 마른 형이 내 팔을 잡았다. 뚱뚱한 형이 내 주머니를 뒤졌다. 돈만 챙기고 오리 슬라이스는 바닥에 던져버렸다.

순간, 오토바이 소리가 났다. 우리 옆방에 사는 백수 아저씨였다. 그가 오토바이에서 내리더니 형들에게로 다가갔다. 커다란 손으로 형들의 머리통을 세게 맞부딪혔다.

"다신 안 그럴게요."

아저씨가 형들을 땅바닥에 패대기쳤다. 형들이 울먹이며 싹싹 빌었다. 나는 그 틈을 타 오리 슬라이스를 주워서 도망쳤다.

이틀 사이에 동네는 더 삭막해졌다. 집들은 이제 폐허처럼 보였다. 빨랫줄에 빨래가 걸린 집도 없었다. 그래도 여기에 오면 알 수 없는 무언가가 나를 끌어당겼다. 바람에 흩날리는 흙먼지마저도 나에게 말을 걸어왔다. 잘 지내? 응. 나도 여기 살았던 때가 그립다고 대답했다. 언덕바지를 돌아 나는 걸음을 멈추었다. 학교 근처 문방구와 분식점 앞이었다. 문방구에서 이것저것 사면 부자가 된 기분이었다. 분식점의 닭꼬치와 떡볶이는 얼마나 맛있었는지 모른다. 친구들은 모두 이사를 가서 뿔뿔이 흩어졌다. 헤어지면서 언젠가 다시 만나자고 약속했다. 하지만 그것은 우리가 달방에서 나가는 것만큼이나 어려운 일일 거였다.

골목 담벼락에 붉은 페인트로 '접근 금지'라고 적혀 있었다. 글씨가 크고 삐뚤빼뚤했다. 불길한 느낌이 들었다. 설마 했는데 문이 열리지 않았다.

"또자, 또자!"

문을 두드려보았자 소용없었다. 또자는 듣지 못하니까. 누군가가 또자를 데려갔다면 큰일이었다. 또자에게 위험이 닥쳤다는 생각이 들자 온몸에서 힘이 빠져나갔다.

"너 거기서 뭐해?"

얼굴이 동그랗고 머리를 묶은 여자애가 옆에 서 있었다.

남이야 뭘 하든 말든 무슨 상관이람.

"여긴 우리 집이야."

"너네 집?"

"그래."

"빈집인데."

"두 달 전까지 여기서 살았어. 그러니까……"

여자애가 무슨 말인지 알았다는 표정을 지었다.

"거긴 이제 못 들어가."

"뭐?"

"어제 철거반이 다녀갔어. 저 글씨 안 보여?"

그 말을 남기고 여자애가 돌아섰다. 갑자기 무서운 생각이 들

184

었다. 열이 나는데도 몸이 오들오들 떨렸다. 나는 여자애를 따라 갔다. 날이 점점 어두워졌다. 따라오기 싫으면 따라오지 마. 여자애의 등이 나에게 말하고 있었다. 여자애는 나보다 걸음이 빨랐다. 일부러 빨리 걷는지도 몰랐다. 이따금 여자애가 뒤를 돌아보았다. 그럴 때마다 안심이 되었다. 한참 걷다 보니 언덕 아래 나무 앞으로 불빛이 미끄러져 들어왔다. 차들이 뿜어내는 거였다. 차에서 내린 사람들이 이쪽으로 몰려오고 있었다.

저 사람들은 왜 여기로 오는 거지?

"야, 계속 가면 어떡해?"

목소리가 떨려서 나왔다. 여자애는 대답도 없이 앞으로 가기만 했다. 초조하고 불안했다. 내가 걷고 있는 곳이 어딘지 알 수 없었다. 길인지 아닌지도 분간이 안 되었다. 처음부터 길 같은 것은 없었는지도 모른다.

어느새 산길로 접어들었다. 나뭇가지가 옷을 스치고 가시덤불이 몸에 휘감겼다. 빨리 걸어야 한다는 것은 생각뿐이었다. 발을 헛디뎌 돌부리에 걸려 넘어졌다. 뺨이 따끔거리고 입안에 피가 고였다.

일어나, 일어나야 돼. 빨리!

속으로 한 말이 메아리가 되어 돌아왔다. 앞서가던 여자애가 되돌아와 나를 일으켜주었다.

얼마나 걸었을까. 길이 사라지고 여자애도 보이지 않았다. 눈앞이 캄캄했다. 어둠은 검은 그림자로 다가와 내 몸에 달라붙었다.

이제 어디로 가야 하는 거지?

너무 긴 것도 너무 짧은 것도 같은 한순간이 지나갔다. 그새 불빛이 멀어져 있었다. 무작정 올라갈 수만은 없었다. 되돌아가야 하는데 방향이 아득했다.

어떻게 내려왔을까. 다시 동네 입구로 돌아온 것만도 다행이었다. 골목을 빠져나오다가 여자애를 다시 만났다. 여자애가 나를 빤히 쳐다보았다. 왠지 오래전부터 여자애를 알고 있었던 것 같은 느낌이 들었다. 그 애에게서 나는 냄새 때문이었다. 그것이 개들에게서 나는 냄새라는 것을 깨달았을 때는 이미 그 애가 보이지 않았다.

혹 여자애가 또자를 데려간 것은 아닐까. 그래서 나를 기다리고 있었는지도 모른다.

집으로 돌아오는 길은 멀었다. 익숙한 길인데도 처음인 것처럼 낯설었다. 몇 번이나 같은 곳을 빙빙 돌았다. 궁전여관의 간판이 이렇게 반갑기는 처음이었다.

"어딜 갔다 이제 오는 거냐?"

"친구 집에요."

"이제 중학생이 될 텐데 공부는 안 하고 밤낮 친구랑 놀 생각만 하냐? 감기까지 걸려놓고. 조금 있으면 엄마 올 텐데 엄마가 뭐라 그러겠어?"

아빠야말로 술이나 마시고 있을 때인가. 안 그래도 구질구질한

방에서 술 냄새가 진동했다. 이러다가 언제나 달방을 벗어날까. 과연 벗어날 수는 있을까.

"너 배 안 고프냐?"

"전 안 고파요. 컵라면 드실래요?"

"컵라면? 컵라면은 이제 질렸다. 엄마도 오는데 치킨이나 한 마리 시켜 먹자."

다른 때 같았으면 머릿속에 반짝 불이 켜졌겠지만 오늘은 아니었다. 아빠는 또자가 궁금하지도 않을까. 또자와 함께 살 때는 아빠도 또자를 귀여워했다. 생선 가시를 발라주고 삼겹살도 호호 불어서 또자 입에 넣어주었다. 밖에서 먹다 남은 족발도 싸왔다.

"아빠는 또자 안 보고 싶어요?"

아빠는 이것저것 뒤지며 전단지만 찾았다. 이러다가 정말 아빠가 미워질지도 모르겠다.

"개똥도 약에 쓸려면 없다더니 이놈의 전화번호는 어딜 간 거야?"

아빠는 나에게 길모퉁이에 있는 치킨 집에 가서 치킨을 사 오라고 했다. 그 집은 즉석에서 닭을 튀겨주는데 다른 집보다 값이 싸고 맛도 좋았다.

"소주도 한 병 사와라."

"이제 저한테는 안 판다고 했어요."

"아빠가 마실 거라고 해야지. 사내자식이 그렇게 융통성이 없어서야."

아빠의 억지를 당해낼 수가 없었다. 돈을 받아서 나오는데 아빠가 중얼거렸다.

"나도 또자가 보고 싶다. 보고 싶다고 볼 수 있는 것도 아닌데 생각하면 뭐하냐? 속만 쓰리지."

그 말 한마디에 아빠에 대한 미움이 녹았다. 콧잔등이 시큰했다. 이러려고 물어본 게 아니었는데.

학교 앞 도로를 건너면 바로 유흥가가 시작되었다. 소주방과 호프집은 물론, 노래 클럽들이 줄을 이었다. 여기저기서 막대풍선 간판이 노란빛을 내뿜고 네온이 번쩍거렸다. 속옷만 걸친 여자 사진이 들어 있는 전단지들이 길에 나뒹굴었다. 그걸 주워서 바지 앞쪽에 대고 문지르는 아이들도 있었다.

치킨 집 앞의 줄이 길었다. 그야말로 대박 집이었다. 아빠도 날마다 대박을 기다렸다. 아빠는 언제 대박이 날까.

치킨 냄새가 솔솔 나자 입에 침이 돌았다. 우리도 치킨 집을 하면 좋을 텐데.

집에 돌아오니 엄마가 돌아와 있었다.

"먹고 싶으면 자기가 가지, 왜 애한테 심부름을 시켜? 날씨도 추운데. 애 얼굴 언 것 좀 봐."

"오랜만에 집에 와서 웬 잔소리야?"

나는 소주와 치킨을 내려놓았다. 아빠가 힐끗 내 얼굴을 쳐다보며 한쪽 눈을 깜박였다. 잔돈은 가지라는 뜻이었다. 또자의 사료와 간식을 사기 위해서는 돈이 필요했다.

"아들, 잘 있었어? 얼굴이 반쪽이 됐네."

엄마가 내 얼굴을 어루만지며 껴안아주었다. 또자도 이렇게 안아줄 수 있다면.

"야, 냄새 좋은걸. 오랜만에 위장에 낀 때 좀 벗기자."

"왜 이래? 애 먼저 먹여야지. 아들, 이리 와."

"물 한 그릇도 장유유서야. 누가 보면 자식 버릇 하나 제대로 못 가르쳤다고 날 탓할 거 아냐?"

엄마가 나에게 닭다리를 쥐어주고는 가방에서 빵과 음료수를 꺼냈다.

"그런 건 왜 받아와? 자존심 상하게."

"정당하게 받는 거라고 했지? 내가 잘하니까 이런 것도 주는 거야."

"그런 거 자꾸 받아먹으면 버릇 돼."

"그러는 당신 사고 치는 버릇이나 고쳐."

엄마가 아빠에게서 술병을 빼앗았다. 엄마는 약을 먹을 때처럼 눈을 감고 술을 마셨다.

"얼씨구? 이 여자가 간병만 하는 게 아닌가 보네."

"온몸이 쑤셔서 그런다, 왜? 일주일 내내 남산만 한 덩치를 일으켰다 앉혔다, 밥 챙겨야지, 목욕 시켜야지, 똥오줌 치우고……"

엄마는 벌써 몸이 굳고 어깨 근육이 뭉쳤다고 툴툴거렸다. 내가 보기에도 엄마의 피부는 점점 윤기를 잃어갔다.

"그러게 누가 그런 걸 하래?"

"언제까지 이런 데서 살 건데? 애 교육은 뭐가 되냐고?"

"진흙 속에서 연꽃이 피는 거 몰라?"

"왜, 아예 똥통에서 핀다고 하지? 이런 데서 사는 인간들이란 하나같이……"

옆방에 사는 아저씨를 두고 하는 말이었다. 엉덩이만 겨우 가린 치마를 입은 여자가 아저씨 방을 들락거렸다. 지난주에 엄마와 방으로 들어올 때 마주쳤다. 엄마가 얼른 나를 돌려세웠다. 나는 그 여자가 싫지 않았다. 옆을 스칠 때마다 향긋한 냄새가 났다. 아저씨만 해도 나를 형들로부터 구해주지 않았는가.

"말 나온 김에 우리 환호 꿈이 뭔지나 말해봐라."

또자를 데려오는 것이 내 꿈이었다. 그 말을 했다간 무슨 말을 들을지 몰랐다.

"왜 애한테 쓸데없는 건 묻고 그래?"

"쓸데없는 거라니, 꿈이 왜 쓸데없는 거야? 애들이 꿈을 가져야지."

"그러는 당신 꿈은 뭔데?"

"내 꿈? 그거야 당연히 큰 집으로 이사 가는 거지. 거기서 당신이랑 환호랑 알콩달콩 사는 거. 당신 젊었을 때는 참 예쁘고 날씬했는데. 내가 한눈에 반했잖아."

"당신도 그랬어. 그땐 배도 안 나오고 눈웃음도 매력적이고……"

이야기가 이상한 방향으로 흘렀다. 물론 이러는 게 한두 번이 아니었다.

처음 만났을 때부터 엄마와 아빠는 죽이 잘 맞았다고 했다. 하루가 멀다 하고 만나면서도 수도 없이 편지를 주고받았다나. 그런데 외할머니와 외할아버지가 아빠의 허풍이 심하다며 결혼을 반대해서 아빠가 빌다시피 했다고. 결국 아빠의 승리! 나는 코고는 소리를 내며 잠든 척했다. 빨리 밤이 지나가기를 바랐다. 내일은 아빠도 볼일이 생겼다고 했다.

집을 나서면서 나는 또자를 꼭 찾게 해달라고 기도했다.

혹시나 했는데, 여자애가 동네 입구에 서 있었다.

"네가 다시 올 줄 알았어."

"내가 올 줄 알았다고?"

"그래, 넌 네 강아지를 찾고 있잖아."

"너, 혹시 우리 또자 봤어?"

여자애가 고개를 저었다. 나는 또자의 털이 하얗고 눈이 동그랗다고 말했다. 또자가 듣지 못하는 것은 말하지 않았다. 어떤 애인지도 모르는데 처음부터 다 말할 필요는 없을 테니까. 여자애는 그런 강아지가 어디 한둘인가, 라는 표정이었다.

"잘 모르겠는데, 어쩌면……"

여자애가 개들이 있는 곳을 알고 있다고 했다. 나는 여자애에게 꾸벅 인사라도 하고 싶었다. 여자애는 내가 당연히 따라올 거라고 생각했는지 아무 말도 하지 않고 걸어갔다. 이번에는 사라지지 않겠지 하면서도 가슴이 조마조마했다.

동네는 이상할 정도로 조용했다. 여기저기 쓰레기 더미와 개똥이 널려 있었다. 무언가 타는 냄새도 났다. 다닥다닥 붙어 있는 집들을 돌아 골목을 몇 개 더 지나고 나서야 여자애가 멈춰 섰다. 전에 살았던 집과 다를 게 없는, 허름한 집 앞이었다.

여자애가 대문을 밀고 들어갔다. 빨랫줄에 걸린 울긋불긋한 천이 가장 먼저 눈에 들어왔다. 안쪽에는 삽과 괭이를 비롯한 연장들이 놓여 있었다. 이런 곳에 또자가 있을 것 같지 않았다. 여자애를 믿고 따라온 게 후회되었다. 순간, 무슨 동물인지 날쌔게 달아났다. 나는 움찔해서 물러섰다.

"겁낼 거 없어. 너구리야."

내가 집 안으로 들어서자 여자애가 문을 닫았다. 동시에 개들이 짖는 소리가 났다. 드디어 또자를 찾게 되었다는 기대감에 가슴이 두근거렸다.

집 안은 어두워서 낮인데 밤처럼 아무것도 보이지 않았다. 여자애가 내 손을 잡았다. 손에 땀이 났다. 조심조심 발을 떼었다. 조금씩 어둠이 눈에 익숙해지고 물건들이 보이기 시작했다. 중앙에는 난로가, 한쪽에는 탁자와 의자가 놓여 있었다. 여자애가 커튼을 젖히자 지금까지와는 또 다른 광경이 펼쳐졌다. 붓글씨가 적힌 족자를 비롯해서 조각보와 아기자기한 공예품들…… 무엇보다 작은 화초들로 인해 집 안은 화사하고 아늑했다.

"또자는 어딨어?"

"쉿! 조용히 해. 자는 애들이 있을 거야."

여자애가 말을 마치기도 전에 개들이 합창하듯 짖었다. 고양이 우는 소리도 났다. 그것도 아주 가까이서. 나는 빨리 또자를 만나고 싶었다. 여자애가 뒤꿈치를 들고 살금살금 걸어갔다. 나도 발소리를 죽이며 여자애를 따라갔다.

여자애가 방문의 손잡이를 돌렸다. 여러 마리의 개와 고양이가 문을 긁어대며 울었다. 방문이 열리는 순간, 녀석들이 앞다투어 여자애에게로 몰려들었다. 족히 스무 마리는 되어 보였다. 녀석들은 하나같이 옷을 입고 있었다. 갖가지 색의 천과 털실로 짠 것이었다. 어떤 녀석은 머리띠를 두르기도 하고 심지어는 목걸이를 걸기도 했다. 나는 눈을 어디다 두어야 할지 몰랐다. 녀석들 중에 또자가 있다니, 심장이 빠르게 뛰었다. 나는 눈을 크게 뜨고 이리저리 둘러보았다. 하지만 또자를 찾아내기가 쉽지 않았다. 여자애가 개와 고양이의 이름을 하나하나 부르면서 말을 건넸다. 초코, 아로, 나비, 뭉치, 망망이, 사랑이, 호야…… 녀석들이 여자애에게 안기려고 서로 다투었다. 여자애의 목에 매달리고 등에 기어오르기도 했다. 여자애와 동물들이 원래부터 한 폭의 그림 속에 들어 있는 풍경 같았다.

털이 까만 강아지 한 마리가 내 발밑에서 꼬리를 세운 채 킁킁거렸다. 야옹 하며 길게 하품을 하는 고양이도 있었다. 그 옆에서 웅크린 채 잠을 자는 녀석이 눈에 들어왔다. 또자처럼 털이 하얗고 덩치도 비슷했다. 노란색 바탕에 파란 줄무늬 털옷을 입고 있었다. 이 와중에 잠을 잘 수 있다니. 드디어 또자를 찾았구나 싶어 녀석에게로 재빨리 다가갔다. 그런데 또자가 아니었다.

"네 강아지 찾았어?"

언제부터 보고 있었는지 여자애가 말을 걸어왔다. 나는 고개를 저었다. 귀가 큰 강아지가 내 주위를 빙빙 돌았다. 녀석과 눈이 마주쳤다. 녀석이 나를 너무 빤히 쳐다봐서 눈을 돌릴 수가 없었다.

"너랑 친해지고 싶은가 봐."

내가 손을 내밀자 녀석이 내 손에 코를 대고 킁킁거렸다. 곧 꼬리를 흔들며 몸을 벌렁 뒤집었다. 나는 녀석의 머리와 목을 쓰다듬었다. 녀석이 내 품으로 폴짝 뛰어들었다.

"자존심이 강한 애라 낯을 가리는데, 네가 마음에 드나 봐."

"어?"

"쟤도 널 쳐다본다."

구석에서 턱을 바닥에 대고 엎드려 있는 녀석을 여자애가 가리켰다. 여자애가 나를 그쪽으로 이끌었다. 녀석은 내가 다가가도 일어나지 않았다.

"원래 뛰어다니는 걸 좋아하는 앤데 다리를 다쳐서……"

"……"

"와, 너보고 웃는다. 쟤 저렇게 웃는 게 매력이야. 재롱둥이라 이름은 아롱이고."

나는 여자애가 하라는 대로 아롱이를 불렀다. 녀석을 위로해주고 싶었다. 그때 옆에서 아우, 하고 우는 소리가 들렸다. 한두 번도 아니고, 계속 울었다. 그 울음소리가 가슴을 파고들었다. 덩치도 커다란 녀석이 허공을 보고 울다니.

"쟨 왜 이상한 소리를 내면서 울어?"

"외로워서 그래. 얼마 전에 쟤네 엄마가 죽었거든. 무너지는 집에서 쟤만 내보내고는 그만……"

늘 꿈꾸라는 뜻에서 지어준 이름이 몽이. 몽이가 보지 못하는 개라는 말을 듣는 순간, 가슴이 아릿했다. 여자애가 괜찮아, 괜찮아, 하고 달래며 녀석을 안아주었다. 녀석이 여자애의 말을 알아듣는지 눈을 끔벅거렸다. 나도 몽이를 불러보았다. 몽이가 또자라면 얼마나 좋을까.

"안아볼래?"

나는 여자애로부터 몽이를 받아 안았다. 녀석이 혀로 내 입술을 핥았다. 녀석의 체온이 전해졌다.

여자애는 계속 개와 고양이에게 다가가 말을 건넸다. 넌, 너무 순해서 탈이야. 화가 나면 소리도 질러야지. 넌 밥을 많이 먹어야 돼. 운동도 하고…… 귀를 납작 뒤로 젖히는 녀석은 머리를 쓰다듬어주었다. 꼬리를 다리 사이로 감추는 녀석에게는 걱정거리가 뭐냐고 물었다. 입을 다시는 고양이에게는 물을 가져다주었다. 어떤 녀석은 화장실에 데려다주고 또 다른 녀석은 등을 긁어주었다. 약을 물에 타서 먹이기도 했다. 동물들과 이야기를 하는 여자애의 목소리는 곱고 부드러웠다. 싸우는 녀석들을 말릴 때조차도 여자애는 미소를 띠었다. 누구나 할 수 없는 일, 그러나 누군가는 해야 할 일을 여자애가 하고 있었다.

"네가 다 키우는 거야?"

"할머니가 버려진 애들을 데려왔어."

"할머니는 어딨어?"

"사흘 전에 넘어지셨어. 몇 달 동안 병원에 계셔야 한대."

"그럼 넌?"

"당분간 고모네 집에 가 있기로 했어. 그다음엔 나도 몰라."

"그럼 애들은?"

녀석들이 큰 소리를 내며 문 쪽으로 몰려갔다. 여자애와 눈이 마주쳤다. 여자애는 애써 담담한 척했다. 하지만 나는 무언가 심상치 않은 일이 생겼다는 것을 알 수 있었다.

"애들을 데리러 온 사람들일 거야."

"뭐?"

"내가 신고했어."

"신고?"

여자애가 빠르게 몸을 움직여 사료와 물을 나누어주었다. 그것을 먹느라 녀석들은 정신을 못 차렸다.

"왜?"

"여기선 더 이상 애들이 살 수 없어. 곧 공사가 시작될 테니까. 좀더 안전한 곳으로 보내려고. 애들을 보호해주는 데가 있어."

과연 그런 곳이 있을지 의문이었다. 있다고 해도, 세상의 어떤 누구도 여자애보다 녀석들을 잘 보살펴줄 것 같지 않았다.

"빨리 여기서 나가야 돼. 그 사람들이 나도 여기에 있지 못하게 할 거야."

여자애와 나는 집을 나섰다. 녀석들이 큰 소리로 울어댔다. 여자애는 일부러 그러는 듯 뒤돌아보지 않았다.

"쟤네들이 너를 부르는 것 같아."

"나도 쟤들과 헤어지기 싫지만 어쩔 수 없어. 쟤들을 살리려면."

여자애와 나는 묵묵히 한참을 걸었다. 녀석들의 울음소리가 귀에서 떨어지지 않았다.

"넌 어디로 갈 거야?"

"아직 찾지 못한 애들을 찾아야지. 네 강아지도."

"살아 있을까?"

"이 동네에서 죽은 개들은 할머니와 내가 다 묻어줬어. 우리가 못 봤다면 어딘가에 살아 있을 거야."

여자애가 보지 못했다고 해서 또자가 살아 있으리라는 보장이 있을까. 하지만 지금은 여자애의 말을 믿는 수밖에 없었다. 아니, 여자애의 말을 믿고 싶었다. 해가 저무는 게 안타까웠다. 머리가 어지럽고 몸에서 열도 났다. 하지만 내일 다시 여자애와 또자를 찾으러 다닐 생각을 하니 기운이 났다.

"난 네가 좋은 아이라는 걸 처음부터 알았어."

"어?"

"우리 할머니가 그러셨어. 동물들이 좋아하는 사람은 좋은 사람이라고. 동물들은 본능적으로 좋은 사람을 알아본대."

나는 멋쩍어서 발소리를 크게 냈다. 여자애가 걸음을 멈추고 나를 쳐다보았다.

"너도 이제 가봐. 늦었잖아."

그 말을 하고서 여자애는 아무렇지도 않은 듯 앞으로 걸어갔다. 나와 또래지만 여자애는 나보다 훨씬 성숙해 보였다. 이런 데서 한동안 혼자 지내왔으니 당연한 일인지도 모른다.

"내일 다시 올게."

내 말을 들었는지 못 들었는지 여자애는 돌아보지 않았다.

집으로 돌아오는 길 내내 여자애의 모습이 눈에 아른거렸다. 동물들과 작별 인사를 나누던 목소리도 귓가에 쟁그랑거렸다. 넌 너무 순해서 탈이야. 하지만 똥은 아무 데나 싸면 안 돼. 넌 앉아 있지만 말고 자꾸 걸어야 된다니까. 힘들 땐 하늘을 봐, 알았지? 잘 살아야 해. 꼭! 너희들을 잊지 않을게……

점점 열이 오르고 정신도 몽롱해졌다.

달방에 도착했을 때 아빠는 나가고 없었다. 나는 내일이 빨리 오기를 기다리며 자리에 누웠다. 몸이 불덩이가 되어갔다. 또자와 여자애가 가까이 보였다가 멀어져갔다. 눈앞이 가물가물했다.

눈을 뜨자 링거 주머니가 보였다. 병원 냄새도 났다. 아빠는 침대 옆에서 졸고 있었다. 일어나서 여자애를 만나 또자를 찾으러 다니고 싶었다. 그런데 몸이 움직여지지 않았다. 무엇보다 자꾸 잠이 오는 것을 참을 수 없었다.

또자가 여자애의 집에 있었다. 여자애가 또자에게 밥을 주고 또자를 안아주었다. 또자는 행복해 보였다. 나는 또자를 불렀다. 여자애가 쉿! 잠들었어, 하고 말했다. 나는 또자에게 조심조심 다가갔다. 나는 내가 꿈속에 있는 게 아니기를 바랐다. 하지만 내가 아직 꿈속에 있다는 걸 알 수 있었다. 나는 빨리 꿈 밖으로 나가야 한다고 생각했다. 또자를 찾으러 가야 하니까. 하지만 눈앞에 있는 또자를 두고 꿈에서 깨어나기는 싫었다. 나는 어떻게 해야 할지 몰라 두리번거렸다. 그러다 눈이 떠졌다.

또자는 어디로 갔을까.

살아 있는 자체가 고행임을 인정하지 않을 수 없는 날들이 꽤 있었다. 목 안에 진흙 덩어리가, 철사가 다발로 들어차 있는 꿈을 꾼 날들이.

이야기를 건네줌으로써 견딜 수 있게 해준,

무언 인태 순재 진후 마리아 은우 소녀 재구 대성 하와 현모 환호

마음을 작동시켜준,

두더지실험실과 셋넷학교, 지켜지지 않은 약속과 거짓말, 어떤 침묵과 욕망 들……

그들을 만나고 이별하는, 긴 여정에 함께해준 비와 바람, 세상의 모든 밤들에게 고맙다. 언제나, 온전히 내 편이 되어준 나무에게도 특별한 고마움을 전한다.

일상의 폭력과 도저한 불안을 끝내 견디지 못했거나 가까스로 견디고 있을, 견뎌야 할 어린 영혼들에게 지상의 번듯한 거처를 내어준 문학과지성사에 깊이 감사드린다.

2015년 봄, 즈음
김혜정